CUENTOS DE

ANTÓN CHÉJOV

Austral Cuentos

CUENTOS DE

ANTÓN CHÉJOV

Traducción
N. Tasin

Obra editada en colaboración con Editorial Planeta – España

Título original: *Маска, Кухарка женится, Унтер Пришибеев, На чужбине, Дамы, Тссс!, Володя, Дорогие уроки, Гусев, После театра, Палата № 6*

Antón Chéjov

© 2022, Espasa Libros, S. L. U. – Barcelona, España

Derechos reservados

© 2022, Editorial Planeta Mexicana, S.A. de C.V.
Bajo el sello editorial AUSTRAL M.R.
Avenida Presidente Masarik núm. 111,
Piso 2, Polanco V Sección, Miguel Hidalgo
C.P. 11560, Ciudad de México
www.planetadelibros.com.mx

Diseño de la colección: Austral / Área Editorial Grupo Planeta
Ilustración de la portada: © Núria Just

Primera edición impresa en España: 22-XI-1949
Primera edición impresa en España en Austral: abril de 2022
ISBN: 978-84-670-6567-1

Primera edición impresa en México en Austral: noviembre de 2022
ISBN: 978-607-07-9385-1

Impreso en los talleres de Litográfica Ingramex, S.A. de C.V.
Centeno núm. 162-1, colonia Granjas Esmeralda, Ciudad de México
Impreso en México - *Printed in Mexico*

Índice

El enmascarado

Había baile de máscaras en el club.

Dieron las doce de la noche. Algunos intelectuales no disfrazados estaban sentados en la biblioteca, alrededor de una gran mesa, leyendo la prensa. Muchos de ellos parecían dormidos sobre los periódicos. En la biblioteca reinaba un silencio profundo.

Del gran salón llegaban los sonidos de la música. Pasaban por el corredor, de vez en cuando, criados con bandejas y botellas.

—¡Aquí estaremos mejor! —retumbó de pronto, tras la puerta de la biblioteca, una voz muy sonora—. ¡Venid, hijas mías, no tengáis miedo!

La puerta se abrió, y un hombre ancho de espaldas en extremo hizo su aparición. Su rostro estaba oculto bajo un antifaz. Iba vestido de cochero y tocado con un sombrero de plumas de pavo.

Aparecieron tras él dos señoras, también enmascaradas, y un mozo con una bandeja. Sobre la bandeja se veían una gran botella de licor, algunas botellas de vino tinto y cuatro vasos.

—¡Aquí estaremos muy bien! —dijo el enmascarado—. Pon la bandeja en la mesa. Siéntense ustedes, señoras, se lo suplico. Estarán ustedes como en su casa.

Luego, dirigiéndose a los intelectuales sentados en torno de la mesa, añadió:

—Ustedes, señores, por su parte, hágannos un poco de sitio. ¡Y, sobre todo, nada de cumplidos!

Con un movimiento brusco tiró al suelo varios periódicos.

—¡Eh! Pon aquí la bandeja. Señores lectores, ruego a ustedes que se aparten un poco. No es este el momento de leer los periódicos ni de dedicarse a la política. ¡Pero dense ustedes prisa!

—¡Le ruego a usted que no haga ruido! —dijo un intelectual, mirando al hombre enmascarado por encima de sus lentes—. Esto es la biblioteca y no el bufet. Se ha equivocado usted de puerta.

—¡Calla! ¿Usted piensa que no se puede beber aquí? ¿Quiere usted decirme por qué? La mesa se me antoja bastante fuerte... En fin, no tengo tiempo de discutir. Dejen ustedes sus periódicos y hagan sitio. Ya han leído ustedes bastante. ¡Son ustedes demasiado sabios y pueden enfermar de la vista si leen con exceso! ¡Sobre todo, no quiero que sigan ustedes leyendo!

El mozo dejó la bandeja en la mesa y, con la servilleta al brazo, esperó en pie junto a la puerta.

Las damas empezaron a beber.

—¡Y pensar que hay gente tan sabia que prefiere

la prensa al buen vino! —dijo el enmascarado, llenando su vaso—. ¿O lo que sucede, señores, es que ustedes no tienen dinero para beber? ¡Tendría muchísima gracia! Hasta empiezo a dudar que entiendan lo que están leyendo. ¡Eh, usted, señor de los lentes! ¿Quiere usted decirme qué ha sacado en limpio de su lectura? Me apuesto cualquier cosa a que no ha entendido una palabra. Muchacho, sería mejor que bebieses con nosotros. ¡No te las des más de sabio!

Se levantó y, bruscamente, le quitó el periódico al hombre de los lentes, que palideció, se puso luego colorado y miró con asombro a los demás intelectuales.

Estos le miraron a su vez.

—Olvida usted, señor —protestó el intelectual—, que está en la biblioteca y no en la taberna, y le suplico se comporte más decentemente. De lo contrario, acabaremos mal. Sin duda, ignora usted quién soy. Soy el banquero Gestiakov.

—Me importa un comino que seas Gestiakov. En cuanto a tu periódico, ¡mira!

Estrujó el periódico y lo hizo pedazos.

—¡Señores, esto no puede permitirse! —balbuceó Gestiakov estupefacto—. Es tan extraño..., tan escandaloso...

—¡Dios mío, se ha enfadado! —dijo riendo el enmascarado—. Me da miedo, ¡palabra! Estoy temblando de pies a cabeza.

Luego, ya en serio, continuó:

—Escúchenme ustedes, señores. No tengo tiempo ni ganas de discutir. Quiero quedarme solo con estas señoras, y les ruego a ustedes que salgan de aquí inmediatamente. ¡Largo! ¡Señor Gestiakov, ahí tiene usted la puerta, y buen viaje! ¡Al diablo! Si no sale usted en el acto, le enseñaré a obedecer. ¡Tú, Belebujin, también! ¡Largo, largo!

—¡Cómo! Es inconcebible —protestó el tesorero del ayuntamiento, Belebujin, congestionado y encogiéndose de hombros—. Aquí ocurren cosas divertidas. Cualquier impertinente entra como Pedro por su casa y arma un escándalo...

—¡Te atreves a calificarme de impertinente! —espetó furioso el enmascarado, dando en la mesa un puñetazo tan violento que hizo saltar los vasos sobre la bandeja—. ¡Te rompo la crisma si te atreves a tratarme así! ¡Qué marrano! ¡Salgan ustedes en seguida o voy a perder la paciencia! ¡Salgan todos! ¡No quiero que quede aquí ningún canalla!

—¡Ahora veremos! —dijo Gestiakov, tan excitado, que sus lentes se empañaron de sudor—. Voy a enseñarle a usted a ser cortés. ¡Que venga el gerente del club!

Momentos después entró el gerente, un hombrecillo grueso, jadeante, con una cintita azul en el ojal de la solapa.

—Le ruego a usted que salga de aquí —dijo encarándose con el intruso—. Si quiere usted beber, váyase al bufet.

—¿Y quién eres tú? —preguntó el enmascarado—. ¡Dios mío, qué miedo me das!

—Le ruego a usted que no siga tuteándome. ¡Salga de aquí, salga!

—Oye, muchacho: te doy un minuto para hacer

salir a estos caballeros. Molestan a estas señoras y no quiero verlas cohibidas. ¿Entiendes?

—Este individuo se cree, sin duda, en una cuadra —dijo Gestiakov—. ¡Que venga Estrat Spiridonich!

—¡Estrat Spiridonich! ¡Estrat Spiridonich! —se oyó gritar por todas partes.

No tardó en aparecer Estrat Spiridonich, con su uniforme de policía.

—¡Le ruego que salga de aquí! —exclamó con voz ronca y mirada terrible.

—¡Dios mío, eres tremendo! —contestó riéndose el enmascarado—. Me has dado un susto... Solo con ver tus ojos hay para morirse de miedo, ¡ja, ja, ja!

—¡Cállate! —rugió Estrat Spiridonich con toda la fuerza de sus pulmones—. Sal en seguida, si no quieres que llame a los agentes.

El escándalo en la biblioteca había llegado al colmo. Estrat Spiridonich gritaba, rojo como un cangrejo, y pateaba. Gestiakov, Belebujin, el gerente del club y los demás intelectuales gritaban también. Pero a todas las voces se sobreponía la voz de bajo, formidable, del enmascarado.

Los bailes del salón cesaron, y el público corrió a la biblioteca, atraído por el ruido.

Estrat Spiridonich llamó a cuantos agentes de policía se hallaban en el club y comenzó a instruir un proceso verbal.

—¡Dios mío, qué va a ser de mí ahora! —decía burlándose, con tono quejumbroso, el enmascarado—. ¡Qué desgraciado soy! Me he perdido para siempre. ¡Ja, ja, ja! Bueno; ¿se ha terminado el proceso verbal? ¿Lo han firmado todos? ¡Entonces, mirad! A la una, a las dos y a las tres...

El enmascarado se levanta, se yergue en toda su estatura y se quita el antifaz. Luego se echa a reír y, satisfecho del efecto producido en la concurrencia, se deja caer en el sillón, lleno de regocijo.

El efecto, verdaderamente, había sido formidable; los intelectuales se miraban; unos a otros, confusos y pálidos. Estrat Spiridonich tenía una expresión lamentable y estúpida. Todos habían reconocido en el enmascarado al multimillonario local, el célebre fabricante Piatigorov, famoso por sus buenas obras, sus escándalos y sus extravagancias.

Un silencio violento reinó. Nadie se atrevía a decir nada.

—Bueno, ¿qué? —exclamó Piatigorov—. ¿Quieren ustedes ahora irse, sí o no?

Los intelectuales, sin decir esta boca es mía, salieron de puntillas de la biblioteca. Piatigorov se levantó y, groseramente, cerró la puerta tras ellos.

—¡Tú ya sabías que era Piatigorov! —le decía momentos después, con dureza, al criado, sacudiéndole por los hombros, Estrat Spiridonich—. ¿Por qué no me has dicho nada?

—El señor Piatigorov me había prohibido decirlo.

—Ya verás, canalla, yo te enseñaré a guardar secretos. Y ustedes, señores intelectuales, ¿no se avergüenzan? ¡Por una tontería ponerse a protestar, a alborotar! Era, no obstante, tan sencillo marcharse por un cuarto de hora... Todos nos hubiéramos ahorrado disgustos.

Los intelectuales andaban de un lado para otro confusos y tristes, sintiéndose culpables y no atreviéndose a hablar alto. Sus mujeres y sus hijas, enteradas del enojo de Piatigorov, no se atrevían a bailar.

Hacia las dos de la mañana Piatigorov salió de la biblioteca. Estaba borracho y se tambaleaba. Entró en el gran salón y se sentó junto a la orquesta. Arrullado por la música, se durmió y empezó a roncar.

—¡No toquéis! —les decían por señas los concurrentes a los músicos—. ¡Chis!... Egor Nilich está durmiendo.

—¿Me permitirá usted que le acompañe a su casa? —preguntó Belebujin inclinándose sobre el millonario.

Piatigorov hizo una mueca con los labios, como si quisiera librarse de una mosca que le molestase.

—¿Me permite usted acompañarle a su casa? —repitió Belebujin—. Voy a hacer que venga su coche.

—¿Qué?... ¿Qué quieres?

—Tendré mucho gusto en acompañarle a usted a su casa. Es hora de irse a la cama.

—Bueno, vamos...

Belebujin, satisfechísimo, hizo grandes esfuerzos para levantar a Piatigorov. Los demás miembros del club le ayudaron, poniendo en ello sumo celo. Al final, merced a los esfuerzos comunes, se pudo dar cima a la empresa y conducir a su carruaje al millonario.

—¡Es asombroso cómo ha tomado el pelo usted

a todo el club! —dijo Gestiakov sosteniendo a Piatigorov con el brazo—. Es usted un admirable actor,
un verdadero talento. ¡No salgo de mi asombro! ¡Lo
que nos hemos reído! No olvidaré nunca este encantador episodio, ¡ja, ja, ja! ¡Bravo, Egor Nilich, ha
estado usted muy bien!

Un acontecimiento

Gricha, un muchachuelo de siete años, no se apartaba de la puerta de la cocina y espiaba por la cerradura.

En la cocina sucedía algo extraordinario; al menos, tal era la opinión de Gricha, que no había visto nunca cosas semejantes.

He aquí lo que pasaba: junto a la gran mesa en que se picaba la carne y se cortaba la cebolla, hallábase sentado un rollizo y alto mujik, en traje de cochero, rojo, con una barba muy larga. Su frente estaba cubierta de sudor. Bebía té, no directamente en la taza, sino en un platillo sostenido con los cinco dedos de su mano derecha. Mordía el azúcar, y al morderlo hacía un ruido que daba escalofríos a Gricha.

Frente a él, sentada en una silla, se hallaba la vieja nodriza Stepanovna. Bebía también té. La expresión de su rostro era grave y solemne. La cocinera Pelageya trasteaba junto al hornillo y estaba visiblemente muy confusa.

Por lo menos hacía todo lo posible por ocultar su

rostro, en extremo encarnado, según lo que alcanzaba a ver Gricha.

En su turbación, ya cogía los cuchillos, ya los platos, haciendo ruido, y no podía estarse quieta ni sabía qué hacer con toda su persona.

Evitaba mirar a la mesa, y si le dirigían una pregunta, respondía con voz severa y brusca, sin volver siquiera la cabeza.

—¡Pero tome usted un vasito de vodka! —decía la vieja nodriza al cochero—. Solo toma usted té.

Había colocado ante él una botella de vodka y un vasito, poniendo una cara muy maliciosa.

—Se lo agradezco a usted; no bebo nunca —respondió el cochero.

—¡Qué cosa más rara! Todos los cocheros beben... Además, usted es soltero y no tiene nada de particular que de vez en cuando se beba un vasito. ¡Se lo ruego!

El cochero, con disimulo, lanzó una mirada a la botella, luego a la cara maliciosa de la nodriza, y se dijo: «Te veo venir, vieja bruja: quieres saber si soy bebedor. No, vieja, no caeré en tu trampa».

—Gracias, gracias, no bebo. Con mi oficio sería peligroso beber. Un obrero cualquiera puede permitírselo, pues está siempre en su taller, mientras que nosotros los cocheros estamos casi siempre ante el público. Además, es preciso tener cuidado del caballo, que se puede escapar cuando se halla uno en la taberna. Por otra parte, estando uno borracho puede caerse del pescante. No, a nosotros los cocheros no nos conviene la bebida. Debemos guardarnos de beber.

—Diga usted, Danilo Semenich, ¿cuánto gana usted al día?

—Depende. A veces gano hasta tres rublos, y hay días en que no gano nada. Hay buenos y malos días... En fin, en estos tiempos nuestro oficio no vale nada. Los cocheros son demasiado numerosos, el heno cuesta caro, y los clientes, por su parte, prefieren tomar el tranvía a tomar un coche. No se pueden hacer grandes negocios con clientes así. Pero, en fin, yo no me quejo; a Dios gracias, estoy alimentado, vestido, y tengo cuanto necesito.

Dirigiéndole una mirada a la cocinera, añadió:

—Hasta podría hacer feliz a otra persona... si no me rechazara.

Gricha no oyó la continuación del diálogo porque en aquel momento apareció su mamá y lo echó.

—¡Vete a tu cuarto! No tienes nada que hacer aquí.

Obedeció. Cuando estuvo en su cuarto, abrió un libro de estampas, pero no podía leer: todo lo que acababa de ver y de oír lo había dejado perplejo.

Había oído a mamá decir a papá que la cocinera se casaba. ¡Era una cosa tan extraña! No acertaba a explicarse por qué se casaba, ni por qué se casa la gente, en general. Papá se había casado con mamá; la prima Vera, con Pablo Andreyevich. Aún concebía que existiese quien pudiera casarse con papá o con Pablo Andreyevich, que vestían muy bien, llevaban siempre las botas brillantes y tenían gruesas cadenas de oro. Pero casarse con aquel terrible cochero que tenía la nariz roja, que iba mal vestido y que estaba siempre sudando, ¡qué extraña idea! Era algo del todo incomprensible. ¿Y por qué la vieja nodriza

Stepanovna tenía tal empeño en que la pobre cocinera se casara con aquel monstruo?

Cuando el cochero se marchó, la cocinera entró en el comedor y se puso a trabajar. Su turbación no la había aún abandonado y su rostro seguía rojo. Aunque tenía la escoba en la mano, no barría casi, y era indudable que trataba de prolongar su estancia en el comedor indefinidamente. La mamá de Gricha estaba allí, y no decía nada a la cocinera, la cual bien se veía que estaba esperando sus preguntas. Al fin, la cocinera, no pudiendo ya contenerse, comenzó a hablar.

—¡Se ha ido! —dijo.

—Sí. Parece un buen hombre —respondió la madre de Gricha sin levantar los ojos de su bordado—; un hombre sobrio, serio.

—¡No me casaré, palabra! —exclamó de repente la cocinera, con el rostro más rojo aún—. ¡No quiero! ¡No quiero!

—¡No digas tonterías! Tú no eres ya una niña. Es un paso muy importante. Se debe reflexionar antes de darlo. Dímelo francamente: ¿te gusta?

Gricha, al principio de la conversación, se había deslizado en el comedor y, sin moverse de un rincón, escuchaba con gran interés.

—¿Lo sé yo acaso?

«¡Qué bestia es! —pensó Gricha—. Debía decir claramente que no le gusta.»

—Dímelo, no tengas vergüenza. ¡Déjate de historias!

—Cuando yo le digo a usted, señora, que no lo sé... Además, es un hombre ya entrado en años.

En aquel instante entró la vieja nodriza.

—¡Tonterías! —protestó—. No tiene aún cuarenta años. Aparte de eso, no es un joven lo que tú necesitas; no se puede nunca tener confianza en los jóvenes... ¡No hables más y cásate con él!

—No quiero —exclamó la cocinera una vez más.

—¡Dios mío, qué estúpida eres! ¿Qué es lo que necesitas? ¿Un príncipe? Deberías estar contenta. Ya es hora de que olvides a los carteros y a los criados que te hacen la corte; esos nunca te hablarán de casarse...

—¿Es la primera vez que has visto a ese cochero? —preguntó mamá.

—¡Naturalmente! ¿Dónde iba a haber visto a ese diablo? Lo ha traído Stepanovna...

Durante el almuerzo, cuando la cocinera estaba sirviendo la mesa, todos la miraban sonriendo y la hacían rabiar con alusiones a su cochero. Ella se ruborizaba y hallábase en extremo confusa.

«Debe ser una vergüenza eso de casarse», pensaba Gricha.

El almuerzo estaba muy mal preparado; la carne, muy mal asada. Luego, la cocinera dejaba caer a cada instante platos y cuchillos. No obstante, todos comprendían su estado de ánimo, y nadie le hacía reproches.

Únicamente, con motivo de haber roto algo la pobre mujer, el papá de Gricha apartó con violencia su plato y dijo a mamá:

—¡Es en ti una verdadera manía el afán de casar a la gente! Más vale que la dejases arreglárselas ella sola.

Después del almuerzo, la cocina se llenó de cocineras y criadas de la vecindad.

Hasta muy entrada la noche se oyeron allí murmullos misteriosos; las criadas de todo el barrio estaban ya enteradas, no se sabe cómo, de que la cocinera quería casarse.

Habiéndose despertado a cosa de las doce, Gricha oyó a la vieja nodriza y a la cocinera hablar en voz baja al otro lado del tabique. La cocinera tan pronto lloraba como prorrumpía en risitas, mientras la vieja Stepanovna hablaba con un tono serio y convincente. Cuando Gricha se durmió de nuevo, vio en su sueño a un monstruo de roja nariz y luenga barba llevarse a la pobre cocinera por la chimenea.

Al día siguiente, todo había recobrado su calma; la vida de la cocina seguía su curso, como si el cochero no existiese ya.

Únicamente, a veces, la vieja nodriza se ponía el chal nuevo y, con expresión grave y solemne, se marchaba por una o dos horas, probablemente a parlotear.

La cocinera no volvió a verse con el cochero, y cuando le hablaban de él, se ponía como un tomate y exclamaba:

—¡Que el diablo se lo lleve! ¡No quiero ni que me lo nombren!

Una tarde la madre de Gricha entró en la cocina y le dijo a la cocinera:

—Escucha: tú puedes, como es natural, casarte con quien te dé la gana, pero te advierto que tu marido no podrá vivir aquí. Ya sabes que a mí no me gusta que haya nadie en la cocina. Y tampoco quiero que te vayas de noche.

—Pero, señora, ¿para qué me dice usted eso? A

mí no me importa ese hombre. Por mi parte, puede reventar.

Un domingo por la mañana, al mirar Gricha en el interior de la cocina, se quedó con la boca abierta.

La cocina estaba llena de visitas. Se encontraban allí todas las cocineras y criadas de la vecindad, el portero, un suboficial y un muchacho a quien Gricha conocía por el nombre de Filka. El tal Filka iba siempre sucio, harapiento, y ahora estaba lavado y peinado y sostenía con ambas manos un icono. En medio de la cocina hallábase la cocinera Pelageya, vestida con un flamante traje blanco y adornados los cabellos con una flor. A su lado se veía al cochero.

Los nuevos esposos estaban rojos y sudando a mares.

—Bueno, me parece que va siendo hora —dijo el suboficial, después de un largo silencio.

Pelageya empezó a hacer pucheros y prorrumpió al fin en sollozos. El suboficial tomó de la mesa un gran pan, se colocó junto a la vieja Stepanovna y procedió a las bendiciones. El cochero se acercó a él, le saludó humildemente y le besó la mano. Pelageya siguió, de un modo automático, su ejemplo. Al final, la puerta se abrió, se llenó la cocina de nubes de vapor, y todo el mundo se dirigió con gran algazara al patio.

«¡Pobre infeliz! —pensaba Gricha, oyendo los sollozos de Pelageya—. ¿Adónde la llevan? ¿Por qué ni papá ni mamá hacen nada para protegerla?»

Terminada la ceremonia de boda, todos los invitados volvieron a la cocina. Hasta las nueve de la noche tocaron el acordeón y cantaron. La mamá de Gricha no hacía más que lamentarse de que la vieja

Stepanovna oliese a vodka y de que nadie se cuidase del samovar. Pelageya se hallaba ausente, y cuando Gricha se acostó, no había vuelto todavía...

«¡Pobre infeliz! —pensaba Gricha al dormirse—. Probablemente estará ahora llorando en algún rinconcito. El monstruo del cochero acaso la pegue.»

A la mañana siguiente, Pelageya se encontraba ya en la cocina. También estuvo allí unos instantes el cochero. Le dio las gracias a la madre de Gricha y, dirigiéndole una mirada severa a Pelageya, dijo:

—Tenga usted la bondad, señora, de vigilarla... Sea usted para ella como una madre.

»Y usted también, Stepanovna —añadió encarándose con la vieja nodriza—, vigílela... Que no haga tonterías.

Luego, volviéndose hacia la madre de Gricha, dijo:

—¿Haría usted el favor de darme cinco rublos a cuenta del sueldo de Pelageya? Mi coche necesita una reparación.

Esto era un nuevo enigma para Gricha. Pelageya había sido hasta entonces completamente libre, no había tenido que dar cuenta a nadie de su conducta, y ahora aquel extraño, llegado no se sabía de dónde, tenía derecho a intervenir en sus acciones y a quedarse con su dinero... ¡Hay cosas extrañas en el mundo!

Sintió una gran lástima de Pelageya, aquella víctima de la injusticia humana. Cogiendo del aparador la manzana más grande, se deslizó hasta la cocina, puso la manzana en la mano de Pelageya, y echó a correr, conmovidísimo.

Prichibeyev

—¡Suboficial Prichibeyev! Está usted acusado de haber ultrajado, el 3 de septiembre, de palabra y obra al policía Sigin, al burgomaestre Aliapov, a sus ayudantes Efimov, Ivanov, Gavrilov y a seis campesinos. A los primeros los ultrajó usted cuando estaban cumpliendo su deber oficial. ¿Se reconoce usted culpable?

Prichibeyev adopta una actitud marcial, come si se encontrase ante un general, y responde con ronca voz, silabeando cada palabra.

—Señor juez, permítame usted que se lo explique todo, pues no hay asunto que no pueda ser considerado desde diferentes puntos de vista. No soy yo el culpable, sino los otros, y a ellos es a quienes hay que condenar. Ya lo verá usted cuando yo tenga el honor de exponerle el asunto detalladamente. Todo ha sucedido a causa de un cadáver. Anteayer yo me paseaba muy tranquilo con Anfisa, mi mujer. De pronto veo junto al río una aglomeración. «¿Por qué tanta gente reunida?», pregunté. «¿Con qué derecho? ¿Acaso la ley autoriza las aglomeraciones?» Y empecé a dispersar a la gente. «¡Circulen! ¡Circulen!», grité. Además, ordené al centurión que dispersase a la multitud.

—Pero usted no tiene ningún derecho —le hace observar el juez—. Usted no es ni burgomaestre ni policía, y no es de su incumbencia dispersar a la muchedumbre.

—¡Claro que no es de su incumbencia! —se oye gritar por toda la sala—. Estamos de él hasta la coronilla, señor juez. Hace quince años que no nos deja tranquilos. ¡No podemos más! Nos hace la vida imposible desde que está en la aldea, de vuelta del servicio militar.

—Sí, señor juez —dice un testigo que se apoya en la barandilla—. Le suplicamos a usted que nos defienda de este individuo. No podemos ya soportar su despotismo. En todo se mete: grita, jura, ordena, aunque no tiene ningún derecho. Basta que nos reunamos con motivo de cualquier fiesta o cualquier ceremonia, para que se presente y nos trate como a vil chusma. Tira de las orejas a los niños, espía, vigila a nuestras mujeres. Últimamente nos ha prohibido tener las luces encendidas después de las nueve de la noche, y cantar.

—Espere usted —dijo el juez—. Usted declarará luego. Ahora la palabra la tiene el acusado. Continúe usted, Prichibeyev.

—¡A las órdenes de usted, señor juez! Dice usted que no es de mi incumbencia dispersar a la muchedumbre. ¡Admitámoslo! Pero ¿y si se producen desórdenes? ¿Pueden tolerarse los desórdenes? ¿Acaso la ley manda que se deje a la gente hacer lo que le dé la gana? ¡No, no puedo permitirlo! Si yo no los llamase al orden, ¿qué sucedería? Nadie en la aldea sabe cómo se debe tratar a los campesinos; solo yo lo sé. Yo no soy un simple mujik, señor juez: ¡soy un suboficial! He hecho mi servicio militar en Varsovia, en el Estado Mayor. Después he pertenecido a una compañía de bomberos; después, durante dos años, he sido conserje en un colegio clásico, y sé bien cómo debe tratarse a la gente de origen humilde; comprendo la necesidad de mantener el orden público. Un mujik no comprende nada y debe obedecerme por su propio interés. Prueba de lo que digo es, por ejemplo, este asunto. Cuando dispersaba a la muchedumbre, vi un cadáver a la orilla del río. «¿Por qué», pregunté, «se halla en este sitio? ¿En virtud de qué ley? ¿Dónde está la policía?». Al fin veo a su jefe... al Sigin de marras. «¿Por qué no cumples con tu deber?», le pregunté. «¿Por qué no avisas a las autoridades superiores? Tal vez ese ahogado es víctima de un crimen. Tal vez ha sido asesinado.» Pero Sigin no hace el menor caso de mis palabras y continúa muy tranquilo fumando su cigarrillo. «Usted no es quién», me dice, «para pedirme cuentas, para darme órdenes. Yo sé lo que tengo que hacer». «No», le contesto; «tú no lo sabes cuando sigues aquí, como un imbécil, sin hacer nada». Entonces me dijo: «A su debido tiempo le he avisado al jefe de policía del distrito». «Pero no era a él a quien debiste avisar», le digo. «¿No comprendes que es un asunto muy grave y que hay que avisar en seguida a las autoridades judiciales? En primer lugar, hay que avisar al señor juez.» Y figúrese usted: el imbécil, en vez de tomar en serio mis palabras, se echa a reír. ¡Y los mujiks también! Todos se echaron a reír, señor juez, se lo juro a usted.

Prichibeyev se vuelve hacia la sala, mira a los asistentes y empieza a señalar con el dedo:

—¡Ese se rio! ¡Y aquel! ¡Y aquel otro también! Pero el primero que se rio fue Sigin. «¿Por qué te ríes?», le digo. «Porque», me responde, «al juez no le incumben estos asuntos». Estas palabras me llenaron de asombro. «¿Cómo?», exclamé. «¿Te atreves a decir cosas semejantes respecto del señor juez?» Le juro a usted que pronunció esas palabras.

Y volviéndose hacia Sigin, le pregunta:

—¿Es verdad? ¿Dijiste eso o no?

—Sí, lo dije.

—¡Ya lo creo! Todo el mundo oyó cómo dijiste: «Al juez no le incumben estos asuntos». Excuso decirle, señor juez, hasta qué punto me sorprendieron estas palabras. «Repite», le dije, «lo que te has atrevido a decir». Y repitió las mismas palabras. Entonces, indignadísimo, exclamé: «¿Te rebelas contra las autoridades? ¿No sabes, imbécil, que el señor juez, por esas palabras, te puede enviar a Siberia? ¿Que los gendarmes pueden detenerte y meterte en la cárcel como a un revolucionario?». Entonces el burgomaestre también declaró: «El juez no puede juzgar sino los pequeños asuntos». Todos lo oyeron. «¿Tú también», le dije, «te rebelas contra las autoridades?». Yo no podía ya contenerme. Si me hubiera hallado en Varsovia, hubiera llamado a un gendarme. Lo hacía con mucha frecuencia cuando oía hablar a alguien contra las autoridades. Pero aquí en la aldea no hay gendarmes, desgraciadamente. Bueno, decidí obrar por mi propia cuenta y les di una buena lección... con esta mano. Ya que no se hacen cargo de nada, hay que enseñarles a respetar el poder. Le di algunos sopapos a Sigin, y después al burgomaestre, y después a los demás que se pusieron de su parte. Mi arrebato fue tal vez excesivo, pero esta gente puede llegar hasta la locura si no les pega uno. No hay otra manera de imponerles el respeto al orden público.

—Sí, pero la misión de usted no es esa. Es cosa que no le concierne en absoluto. Para eso existe la policía, el burgomaestre.

—Pero ¡cómo no comprenden su deber!

—¡Dios mío, convénzase usted de que no tiene el menor derecho a mezclarse en esos asuntos! Carece usted de autoridad para ello.

—¿Cómo que no tengo derecho? ¡Es muy extraño! ¿Y si turban el orden público? Yo no puedo verlo con buenos ojos. Por eso se quejan de que les prohíbo cantar. ¿Es que no tienen otra cosa que hacer? Luego no apagan la luz hasta la medianoche. En vez de acostarse, charlan, ríen. Están todos inscritos aquí.

—¿Quiénes?

—Pues los que, en vez de acostarse temprano, se quedan charlando hasta medianoche y malgastando petróleo.

Prichibeyev saca del bolsillo un papel muy sucio, se pone las gafas y lee: «Iván Projorov, Sarra Mikiforov, Petro Petsov. La viuda Ana Chustov tiene relaciones ilícitas con Lemen Kislov. Iván Sverchok y su mujer son brujos».

—¡Basta! —dice el juez, y procede al interrogatorio de los testigos.

Prichibeyev mira al juez lleno de extrañeza; es cosa bien clara que no está a favor suyo. No comprende su conducta, manifiestamente adversa a él.

Su extrañeza va en aumento cuando el juez lee el veredicto.

—Prichibeyev es condenado a un mes de prisión.

—¿Por qué? —pregunta—. ¿En virtud de qué ley? Decididamente el mundo marcha al revés. La vida se hace imposible en estas condiciones. Ideas negras se adueñan de él.

Pero una vez fuera de la sala del tribunal y encontrándose en su camino a un grupo de mujiks que charlan, no puede contenerse y grita, según su costumbre:

—¡Circulad! ¡Circulad! ¡Nada de reuniones! ¡Cada cual a su casa!

Un conflicto

Una tarde de domingo. El terrateniente Kamichov está sentado a la mesa, servida con esplendor. A su lado se encuentra el señor Champun, un anciano francés muy limpio y muy bien afeitado. Están almorzando.

Champun ha sido en otro tiempo ayo de los hijos de Kamichov, a quienes enseñaba las buenas maneras, la buena pronunciación francesa y el baile.

Cuando los niños se hicieron hombres y entraron como oficiales en el Ejército, Champun permaneció en la casa casi exclusivamente para hacer compañía al amo.

Sus deberes no son muy complicados: debe vestirse *comme il faut*, ir muy perfumado, escuchar la charla de Kamichov, comer, beber y dormir; por todo lo cual está alojado y mantenido, y hasta cobra dinero a veces, en cantidad que depende de la buena voluntad del amo.

Kamichov come y, según su costumbre, charla.

—¡Dios mío! —exclama—. ¡Qué mostaza! Es tan fuerte que me quema la lengua. La mostaza francesa pica mucho menos; puede uno comerse una libra sin que le produzca ningún efecto.

—Eso depende del gusto —responde suavemente Champun—. Hay quienes prefieren la mostaza rusa, y hay quienes optan por la francesa.

—¡Hombre, por Dios! Solo a los franceses les gusta la mostaza francesa, porque no son demasiado exigentes. Comen de todo: ratas, ranas, insectos. ¡Qué desagradable! A usted, sin ir más lejos, no le gusta este jamón porque es ruso, pero si le dan corcho frito y le dicen que es francés, lo come y se chupa los dedos. Según usted, todo lo ruso es malo.

—Yo no digo eso.

—Sí, todo lo ruso, según usted, es malo, mientras que todo lo francés es, al contrario, delicioso. Usted está seguro de que Francia es el mejor país de la tierra, pero, hablando con franqueza, ¿qué es Francia sino un trocito de terreno que puede recorrerse en un día? Mientras que, en nuestra Rusia, por mucho que se ande...

—Sí, señor, Rusia es inmensa.

—¡Ya lo creo! Además, están ustedes convencidos de que el pueblo francés es el mejor del mundo: inteligente, sabio, civilizado... De acuerdo. Los franceses son muy galantes, muy corteses con las señoras, no escupen en el suelo, etc., pero no son serios. No hay nada sólido en ellos. Yo no sabré explicarme, pero les falta algo... Todo lo que saben ustedes proviene de los libros, mientras que nosotros los rusos somos inteligentes por naturaleza. Los rusos, dotados de una instrucción vasta, serían superiores a todos los sabios de Francia.

—Tal vez —dice sin entusiasmo Champun.

—No «tal vez», ¡seguramente! Ya sé que no le gusta a usted que le digan estas cosas, pero son certísimas. El ruso es muy ingenioso; dándole campo para ello haría maravillas. Por otra parte, es muy modesto y nada amigo de hacer valer sus cualidades. Si inventa algo notable, no lo pregona, como ustedes, a los cuatro vientos... ¡Dios mío, qué ruido arman ustedes con motivo de cualquier invención!... No, no me gustan los franceses. No me refiero a usted, hablo en general. Un pueblo sin moralidad. Completamente humano en su aspecto exterior, vive como los perros. Prueba de lo que digo es, por ejemplo, el matrimonio. Nosotros, una vez casados, ya no nos separamos, mientras que ustedes viven como canallas: el marido se pasa el día entero fuera de su casa, bebiendo, mientras la mujer está rodeada de amantes y baila con ellos bailes obscenos.

—Eso no es verdad —no puede dejar de protestar Champun, con el rostro encendido—. ¡En Francia el principio de la vida familiar es muy respetado!

—¡Déjese usted de principios! ¡Ya sé yo lo que son los principios franceses! Hace usted mal en defender a sus compatriotas. Hay que confesar franca y honradamente que son unos cochinos. Me alegro en el alma de que fueran vencidos por los alemanes, a quienes agradezco de todo corazón que les diesen a ustedes la lección que se merecían.

—¡Entonces, no le entiendo a usted, señor! —exclama Champun indignado y echándose atrás bruscamente—. Si odia usted tanto a los franceses, ¿por qué me conserva a su lado?

—¿Y qué voy a hacer con usted?

—Déjeme, me iré a Francia.

—¿Cómo? ¿Usted a Francia? ¿Se figura que le dejarían entrar? ¡Nunca! Usted es un traidor a su patria.

—¿Yo?

—¡Claro! Usted admira a Napoleón, y su cochina república no le perdonará jamás. Es verdad que también admira usted a Gambetta, pero eso no le salvará.

—*Monsieur!* —grita en francés Champun, con voz furiosa y estrujando colérico su servilleta—. *Monsieur, vous m'avez outragé d'une façon terrible! Tout est fini entre nous!**

Y con un gesto trágico, tira la servilleta sobre la mesa y, con la cabeza erguida, con dignidad algo teatral, abandona el comedor.

Algunas horas después la mesa está puesta de nuevo para la comida.

Kamichov se sienta a ella completamente solo. Se bebe una copa de vodka y siente la necesidad de charlar un poco. Pero no hay nadie para oírle.

—¿Qué hace Alfonso Cudovikovich? —le pregunta al criado.

—El equipaje.

—¡Vaya un imbécil! —dice Kamichov, y se dirige a la habitación de Champun.

* En francés: «¡Señor, me habéis ofendido enormemente, se acabó lo que se daba entre nosotros!».

Se lo encuentra sentado en el suelo, en medio del cuarto, junto a la maleta abierta, donde va colocando, con mano temblorosa, ropa, corbatas, tirantes, libros, frascos de perfumes. Sus ojos están arrasados en lágrimas.

—¿Qué es eso? —pregunta Kamichov.

El otro no contesta.

—¿Quiere usted marcharse? Haga lo que quiera. No soy quién para retenerle, pero... ¿cómo va usted a irse sin pasaporte? Ha de saber usted que se me ha perdido. Sin duda se ha extraviado entre algunos papeles. Y sin pasaporte, comprenderá usted... En Rusia son muy severos en esa materia. Antes de que se haya alejado cinco kilómetros, será usted detenido.

Champun levanta la cabeza y mira con desconfianza a su señor.

—¡Sí, sí! No lo dude usted. La policía comprenderá por la expresión de su cara que no lleva usted pasaporte y le echará la mano en seguida. «¿Quién es usted?» «Adolfo Champun.» «Ya conocemos a esos Champunes. No escasean los malhechores entre ellos.» Y dispóngase usted a emprender un viaje a la Siberia a pie, con asesinos y ladrones, escoltado por la fuerza pública.

—¿Se burla usted?

—Nada de eso, querido. Hablo con toda seriedad. Y se lo advierto: si le detienen a usted, no me escriba cartas suplicándome que lo saque del atolladero. No haré nada, absolutamente nada, aunque me lo presenten a usted atado de pies y manos.

Champun se levanta sobresaltado y empieza a

andar nerviosamente de un lado a otro. Está pálido, inquieto.

—¿Qué quiere usted hacer conmigo? —exclama desesperado y llevándose las manos a la cabeza—. ¡Maldito sea el día en que se me ocurrió dejar mi patria! ¡Solo faltaba que me detuviesen y me mandasen a Siberia!

—Cálmese usted, es una broma —dice Kamichov. Tiene usted mucha gracia. No comprende las bromas y lo toma todo por lo trágico.

—Amigo mío —exclama con efusión Champun, tranquilizado un poco por el tono de Kamichov—, le juro que amo a Rusia, que les tengo afecto a usted y a sus hijos. Me sería muy doloroso separarme de usted, pero... cada una de sus palabras es un puñal que se clava en mi corazón.

—Tiene usted mucha gracia. ¿Qué le importa a usted que yo hable mal de los franceses? ¿Acaso puede responder de todos sus compatriotas? Es usted de un carácter... Vamos a comer; en la mesa haremos la paz. ¡Viva *l'entente cordiale*!, como dicen ustedes.

Champun se pasa por la cara la borla de los polvos para borrar la huella de las lágrimas y, precedido de Kamichov, se dirige al comedor.

Esto no es aún la paz definitiva; no es sino el armisticio, que durará muy poco; después del primer plato, las hostilidades vuelven a romperse.

Las señoras

Fedor Petrovich, director de las escuelas primarias del distrito, recibió en su despacho la visita del maestro Vermensky.

—No, señor Vermensky —le dijo—. La dimisión de usted es indispensable. No puede usted seguir siendo maestro con esa voz. ¿Cómo la ha perdido usted?

—Creo que a causa de la cerveza fría que bebí hallándome cubierto de sudor.

—¡Qué desgracia! ¡Por una bagatela semejante toda una carrera perdida! Lleva usted catorce años de servicio, ¿verdad?

—Sí, catorce años.

—¿Y qué va usted a hacer ahora?

Vermensky guardó silencio.

—¿Tiene usted familia?

—Sí, excelencia, tengo mujer y dos hijos.

El director, conmovido, empezó a pasearse nerviosamente de extremo a extremo de la estancia.

—Verdaderamente, no sé qué voy a hacer con usted. No puede usted seguir siendo maestro. No tiene todavía derecho a la pensión... Por otra parte, no podemos dejarle a usted en la calle. Usted ha trabajado durante catorce años, y nuestro deber es ayudarle. Pero ¿cómo? ¡No se me ocurre absolutamente nada! ¡Ni la menor idea!

Y continuó andando. Vermensky, abrumado por su desgracia, estaba sentado en el filo de la silla, sumido en sus reflexiones.

De pronto la faz del director se tornó radiante, y el funcionario se detuvo ante Vermensky.

—¡Tengo una idea! —exclamó—. La semana próxima dimite el secretario de nuestro asilo de niños pobres; si usted quiere esa plaza, yo puedo ofrecérsela.

El maestro se llena también de alegría.

—¡Vaya si la quiero, excelencia!

—Entonces la cosa se arregla maravillosamente. Diríjame usted hoy mismo una solicitud.

Vermensky se fue. El director estaba contentísimo de sí mismo: el pobre maestro tendría una buena colocación y no perecería de hambre con su familia. Pero su buen humor no duró mucho.

Cuando volvió a su casa y se sentó a la mesa a almorzar, su mujer le dijo:

—¡Ah, se me olvidaba! Ayer me visitó Nina Sergeyevna y me recomendó a un joven que quisiera ocupar la plaza del secretario del asilo, que, a lo que parece, dimite.

—Sí, pero esa plaza está ya prometida a otro —respondió el director frunciendo las cejas—. Además, ya conoces mi principio: no doy nunca plazas por recomendación.

—Ya lo sé. Sin embargo, creo que por Nina Sergeyevna bien puedes hacer una excepción. Nos tiene un gran afecto y todavía no hemos hecho nada por ella. No, querido, no le negarás ese pequeño servicio. De lo contrario, se ofendería y también me ofenderé yo.

—¿Y quién es ese joven?

—El señor Polsujin.

—¿El que trabajó en vuestra función del club? ¿Ese galancete de cabeza vacía? ¡Nunca!

El director estaba tan indignado que dejó de comer.

—¡Nunca! —repitió—. ¡Por nada del mundo!

—Pero ¿por qué?

—Porque no sirve para nada. Además, ¿por qué no se dirige directamente a mí? ¿Por qué prefiere recurrir a la intervención de las señoras? Ese mero detalle prueba que es un botarate...

Después de almorzar, el director, acostado en su canapé, empezó a leer las cartas recibidas. Una era de la mujer del alcalde.

«Querido Fedor Petrovich —comenzaba—: Usted me dijo una vez que tendría sumo placer en hacer algo por mí. Se le presenta usted una buena ocasión para probarme su disposición favorable. Uno de estos días le visitará el señor Polsujin, un joven muy bien educado. Solicitará la plaza de secretario del asilo, y espero...»

—¡Nunca! —exclamó el director—. ¡Por nada del mundo!

A partir de aquel día, recibió multitud de cartas cuyos autores, en su mayor parte señoras, le recomendaban calurosamente a Polsujin.

Finalmente, una mañana se presentó el propio Polsujin, un joven gordito, afeitado como un jockey y vestido con un traje flamante y muy chic.

Habiéndole oído exponer su petición, el director, con tono seco, le respondió:

—Perdóneme usted, mas para los asuntos concernientes a mi cargo, no recibo en casa, sino en mi oficina.

—Dispense usted. Nuestros amigos comunes me han aconsejado que venga a verle precisamente aquí.

—Sí, sí... —dijo el director, mirando con odio las botas elegantes del joven—. Según tengo entendido, el padre de usted es bastante rico, y no acierto a explicarme por qué tiene usted tal empeño en ocupar una plaza tan mal pagada.

—No es por el dinero... No lo necesito, pero no está de más un empleo del Estado, y como principio de carrera no es despreciable.

—Tal vez. Pero estoy casi seguro de que antes de un mes dejará usted esa plaza, y hay candidatos para quienes sería la felicidad de toda la vida.

—No, no la dejaré, excelencia. Espero que usted estará contento conmigo.

El director lo detestaba más a cada momento.

—Diga usted: ¿por qué no se ha dirigido directamente a mí y ha preferido recurrir a la intervención de las señoras?

—Yo no pensaba que eso pudiera resultar ingrato a vuestra excelencia. Sin embargo, si vuestra excelencia concede gran importancia a las cartas de recomendación, puedo presentarle certificados.

Sacó de su bolsillo un papel y se lo tendió al director. El papel llevaba la firma del gobernador. A juzgar por su contenido y por su estilo, el gobernador, cediendo a las peticiones de cualquier señora, lo había firmado sin leerlo.

—¡Ante esto...! —dijo el director suspirando—. Obedezco. Escriba usted mañana una solicitud... ¡Qué vamos a hacerle!

Cuando Polsujin se marchó, el director dio rienda suelta a su cólera.

—¡Canalla! —gritaba, recorriendo nerviosamente la estancia—. ¡Ha conseguido salirse con la suya! ¡Botarate! ¡Indecente! ¡Inútil!

Y escupió con asco.

En aquel momento, una señora, vestida con gran coquetería, entró en su cuarto. Era la mujer del director del banco local.

—Solo pienso molestarle un minuto... nada más que un minuto —empezó—. Siéntese usted, querido amigo, y tenga la bondad de escucharme.

Se sienta y obliga a sentarse frente a ella al director.

—Verá usted. Me han dicho que el secretario del asilo dimite. Hoy o mañana le visitará a usted un joven, el señor Polsujin. Es amabilísimo, muy bien educado... En fin, un dechado de simpatía, y le quedaré a usted muy obligada...

La señora hablaba sin cesar. El pobre director, conteniendo su cólera con gran trabajo, la escuchaba, sonreía cortés y la enviaba a todos los diablos.

41

A la mañana siguiente, cuando recibió en su despacho al maestro Vermensky, el director no se decidía a decirle la verdad. No sabía cómo empezar, y estaba en extremo confuso. Tenía el propósito de excusarse ante él, de contárselo todo con franqueza, y no se atrevía. De pronto, dando un puñetazo en la mesa, se levantó bruscamente de su sillón y gritó colérico.

—¡No tengo plaza para usted! ¿Comprende usted? ¡No tengo nada, no puedo hacer nada! ¡Déjeme usted en paz!

Y salió corriendo del despacho.

¡Silencio!

Iván Egericg Krasnujin, periodista mediocre, vuelve a casa de mal humor, grave y pensativo. Al verle se diría que espera la visita de los gendarmes o que ha pensado en suicidarse.

Es más de medianoche.

Krasnujin se pasea largo rato a través de la estancia, luego se detiene y pronuncia, con tono trágico, el siguiente monólogo:

—Estoy deshecho, mi alma está fatigada, mi cerebro está lleno de ideas negras; pero, con todo, cueste lo que cueste, tengo que escribir. ¡Y esto se llama vida! Nadie ha descrito aún el estado de alma de un escritor que debe divertir al vulgo cuando tiene ganas de llorar o compungirlo cuando tiene ganas de reír. El público me exige que sea frívolo, ingenioso, indiferente. Pero ¿y si no puedo serlo? Supongamos que estoy enfermo, que mi hijo se ha muerto, que mi mujer está de parto; no importa, estoy obligado a divertir al público...

Luego se dirige al dormitorio y despierta a su mujer.

—Nadia —dice—, voy a escribir. Que nadie me moleste. Es imposible escribir cuando los niños lloran o cuando ronca la criada. Además, necesito té y un bistec o cualquier otra cosa; pero sobre todo té; ya sabes que sin té no puedo escribir. Es lo único que me estimula, que me entona.

De nuevo en su cuarto, se quita la americana, el chaleco y las botas con extremada lentitud. Luego, con expresión de inocencia ultrajada, se sienta ante su mesa de trabajo.

Cuanto hay sobre ella, hasta la más insignificante bagatela, está dispuesto, con arreglo a un plan preconcebido, en el mayor orden. Se ven allí pequeños bustos y retratos de escritores insignes, un montón de borradores, un volumen abierto, de Tolstói, un hueso humano que sirve de cenicero, un periódico colocado de modo que se vea la inscripción que Krasnujin ha hecho en él con lápiz azul, y que consiste en dos palabras: «¡Qué vileza!».

Hay también diez lápices muy bien afilados, y portaplumas con plumas nuevas, destinadas a reemplazar las viejas, de manera que Krasnujin pueda trabajar sin la menor interrupción, lo que es muy importante cuando se está inspirado y se crea algo grande.

Krasnujin se reclina en su sillón, cierra los ojos y comienza a buscar un tema. Oye a su mujer preparar el té. Probablemente no está todavía despierta del todo, pues a cada instante deja caer algo, a juzgar por el ruido. Luego suena en el samovar el agua que comienza a hervir. Se oye también chirriar la carne sobre el fuego,

De pronto Krasnujin se estremece, abre los ojos y empieza a olfatear.

—¡Pero qué olor! —gime, haciendo gestos dolorosos—. ¡Me voy a poner malo! ¡Esta mujer insoportable quiere perderme! ¡Dios mío, no es posible trabajar en estas condiciones!

Corre a la cocina y prorrumpe en un lamento trágico.

Sentado de nuevo ante su mesa, poco tiempo después le lleva su mujer el té. Parece estar sumido en reflexiones profundísimas; no se mueve y se oprime la frente con la mano. Finge no darse cuenta de la presencia de su mujer, absorto en sus graves pensamientos.

Antes de escribir el epígrafe de su artículo, se aprieta las sienes con los dedos y pone la cara de quien tiene dolor de muelas. Al fin, moja la pluma en el tintero y, con ademán decidido, resuelto, como si firmase una sentencia de muerte, escribe el título.

—¡Mamá, agua! —oye gritar a su hijo.

—¡Calla, calla! —contesta, con voz sofocada, la madre—. Papá está escribiendo.

Papá está escribiendo muy deprisa, sin detenerse. Los bustos y los retratos de escritores insignes miran como corre su pluma sobre el papel y parecen decir:

—¡Dios mío, qué rápido escribes! Nosotros no pudimos nunca escribir de ese modo.

Krasnujin escribe sin tregua. Un silencio profundo, imponente, reina en torno suyo. No se oye sino el roce de la pluma sobre el papel. Se diría que los escritores insignes que tiene delante velan por su calma y murmuran:

—¡Silencio! El señor Krasnujin está escribiendo.

De pronto Krasnujin se estremece, suelta la pluma y aguza el oído. La vecina Foma Nicolayevich reza en el cuarto próximo.

—Oiga usted —le grita Krasnujin—. ¿Quiere hacer el favor de rezar más bajo? No me deja usted escribir.

—Bueno, señor. Perdóneme usted.

Y vuelve a reinar el silencio. Los escritores insignes velan nuevamente por que nadie moleste al señor Krasnujin.

El cual, después de escribir cinco cuartillas, se despereza y saca el reloj.

—¡Dios mío, son ya las tres! —gime—. Todos duermen: solo yo trabajo.

Quebrantado, desmadejado, se dirige a la alcoba, despierta a su mujer, y le dice con voz quejumbrosa:

—Nadia, dame más té. Se me acaban las fuerzas.

Escribe hasta las cuatro. Acaba el artículo, para cuya prolongación no se le ocurre ya nada. Se va a la cama.

—Estoy tan cansado —le dice a su mujer— que no podré dormirme. Nuestro trabajo maldito de literatos quebranta el alma aún más que el cuerpo. Tendré que tomar bromuro... Si no tuviera que sostener a la familia, hubiera ya roto mi pluma... Esto es atroz, sobre todo si no se escribe por inspiración, sino de encargo.

Un minuto después está roncando.

Duerme hasta el mediodía con el sueño de los justos. En sus ensueños se ve convertido en escritor célebre, en rico editor, en director de un gran periódico. ¡Pero son solo ensueños!

Cuando abre los ojos, un profundo silencio reina en su aposento.

—¡Silencio, niños! —dice, en voz muy queda, la madre—. ¡El pobre papá ha estado escribiendo toda la noche! ¡Chis!...

Nadie se atreve a andar, a hablar, a hacer el menor ruido. Se teme turbar el reposo del señor Krasnujin.

—¡Silencio! ¡Chis! —se oye de vez en cuando.

Y el señor Krasnujin llega a convencerse de que su reposo tiene una importancia grandísima, cuanto menos que universal.

Volodya

Un domingo de verano, a las cinco de la tarde, Volodya, un muchacho de diecisiete años, de aspecto enfermizo y tímido, estaba sentado con aire sombrío en el emparrado de la casa de campo de los Shumihins.

Sus desesperados pensamientos volaban en tres direcciones distintas. En primer lugar, al día siguiente, lunes, tenía que examinarse de matemáticas, y sabía que, si por la mañana no aprobaba el ejercicio escrito, lo iban a expulsar porque llevaba ya dos años estudiando la sexta potencia y siempre tenía muy malas notas en álgebra durante el curso. En segundo lugar, su presencia en la «villa» de los Shumihins, familia adinerada y con pretensiones aristocráticas, constituía un motivo de mortificación para su amor propio. Le parecía haber notado que la señora Shumihins los miraba a él y a su *maman* con desprecio y como si fueran de clase inferior, que se reían de ella y no la respetaban. En una ocasión, oyó casualmente una conversación que sostenían en la terraza la señora Shumihins y su prima Ana Fyodorovna: hablaban de su *maman*, diciendo que tenía la pretensión de parecer joven, que nunca pagaba cuando perdía jugando a las cartas, y que usaba sin escrúpulo ninguno el calzado y el tabaco de los demás. Todos los días, Volodya suplicaba a su *maman* que no fuese a casa de los Shumihins, pintándole a lo vivo el papel humillante que hacían entre aquella gente. Trataba de persuadirla por todos los medios posibles y hasta a veces le decía cosas un poco fuertes. Pero ella, mujer frívola y sin seso, que había tirado su fortuna y la de su marido y le gustaba estar siempre invitada por gente de alto rango, no le hacía caso, y Volodya tenía que acompañarla dos veces por semana a aquella dichosa «villa» tan odiada.

En tercer lugar, un sentimiento para él desconocido, y no desagradable, que la juventud no puede ignorar, se había apoderado de su ánimo. Creía estar enamorado de Ana Fyodorovna, prima de los Shumihins y que por entonces pasaba una temporada con ellos. Ana Fyodorovna era una señora de unos treinta años, sonriente y vivaracha, fuerte y sana, de sonrosadas mejillas y hombros regordetes; hablaba en voz muy alta y sobre sus finos labios vagaba siempre una sonrisa. No era ni hermosa ni joven. Volodya lo sabía perfectamente, pero, por una razón desconocida para él, no podía evitar pensar en esta mujer. La miraba mientras jugaba al croquet moviendo los hombros y la espalda, o cuando después de reírse a carcajadas, subía corriendo las escaleras y se tiraba en una butaca entornando los ojos y respirando con fuerza. Estaba casada. Su marido, serio y digno arquitecto, venía una vez por semana a verla; se pasaba todo el tiempo durmiendo profundamente y volvía a marcharse a la ciudad. Empezó aquel sentimiento extraño en Volodya por el odio que sentía hacia el arquitecto y el alivio que experimentaba al verlo desaparecer.

Ahora, sentado en el emparrado, pensando en su examen del día siguiente y en su *maman*, de la que tanto se reían, sintió un deseo intenso de ver a Nyuta (así llamaban los Shumihins a Ana Fyodorovna), de oír su risa y el roce de su vestido... Este deseo no se correspondía precisamente con el amor puro y poético que Volodya leía en las novelas y con el que soñaba todas las noches al acostarse; era un sentimiento extraño e incomprensible; se avergonzaba de él como de algo malo e impuro, desagradable incluso de confesar a uno mismo.

«Esto no es amor —se decía—. No se puede uno enamorar de mujeres de treinta años y casadas. Esto es solo una pequeña aventura... Sí, eso es, una especie de aventura...»

Y pensando en aventuras, recordó su invencible timidez, su falta de bigote, sus pecas, sus ojos tan pequeños, y comparándose con Nyuta le pareció la cosa ridícula e imposible. Entonces se imaginó que era calvo, guapo, ingenioso y vestido a la última moda. De este modo podía acercarse a ella; sin duda alguna.

De repente, cuando estaba en lo más delicioso de su sueño, oyó un ligero ruido de pasos. Alguien venía andando despacio por la avenida. Pronto los pasos cesaron de oírse y una figura blanca apareció en la entrada.

—¿Hay alguien aquí? —preguntó una voz de mujer. Volodya reconoció la voz y levantó la cabeza asustado.

—¿Quién está ahí? —preguntó Nyuta entrando en el emparrado—. ¡Ah!, ¿eres tú, Volodya? ¿Qué haces aquí solo? ¿Meditar? No sé cómo puedes arreglártelas para estar siempre pensando, pensando... Es el único método para volverse loco.

Volodya se levantó y miró a Nyuta como deslumbrado. Acababa de venir del baño. Sobre el hombro llevaba una sábana y una toalla, y por debajo del pañuelo de seda que le cubría la cabeza salía el pelo mojado cayendo sobre la frente. Olía a la fresca humedad de la casa de baño y a jabón de almendras. Venía sin respiración de tanto correr; el primer botón de la blusa desabrochado permitió a Volodya verle la garganta y el seno...

—¿Por qué no dices nada? —dijo Nyuta, mirándolo de arriba abajo—. No es muy educado quedarse callado cuando a uno le habla una señora. ¡Cuidado que eres tonto, Volodya! Siempre estás sentado por algún rincón, sin decir una palabra y meditando como un filósofo. No tienes fuego ni vida. ¡Eres horrible, sencillamente!... A tu edad deberías estar saltando y brincando, charlando con unos y con otros, coqueteando, enamorándote.

Volodya miró a la sábana y a la mano blanca y regordeta que la sujetaba, y siguió pensando...

—Es mudo —dijo Nyuta con asombro—; es raro, verdaderamente... ¡Escucha! ¡Sé un hombre! ¡Vamos, ríete de una vez! ¡Uf! ¡Qué filósofo más cargante! —Y se echó a reír estrepitosamente—.

Pero ¿tú sabes, Volodya, por qué eres tan tonto? Pues sencillamente porque no te has dedicado a las señoras. ¿Por qué no ensayas? Es verdad que aquí no hay muchachas, pero eso no importa, puedes coquetear con señoras casadas. ¿Por qué no coqueteas conmigo, por ejemplo?

Volodya la escuchó con atención y se rascó la frente perplejo.

—Solo las personas orgullosas permanecen en silencio y aman la soledad —continuó Nyuta quitándole la mano de la frente—. Eres muy orgulloso, Volodya. ¿Se puede saber por qué me miras frunciendo las cejas de ese modo? Haz el favor de mirar cara a cara y como Dios manda. Así, vamos, tonto.

Volodya hizo un esfuerzo para hablar. Quiso sonreír, contrajo el labio inferior, guiñó los ojos y volvió a llevarse la mano a la frente.

—La... la amo —dijo.

Nyuta levantó las cejas sorprendida y se echó a reír.

—¿Qué es lo que oigo? —exclamó como cantan las *prima donnas* en las óperas cuando escuchan algo terrible—. ¿Qué? ¿Qué es lo que has dicho? Repítelo, anda, repítelo...

—La... ¡la amo! —repitió Volodya.

Y sin darse cuenta de lo que hacía, avanzó un paso hacia Nyuta y la agarró por el brazo. Lo veía todo oscuro delante de sus ojos que se llenaron de lágrimas. Le pareció que el mundo entero se convertía en una enorme toalla que olía a casa de baños.

—¡Bravo, bravo! —oyó que Nyuta le gritaba riéndose—. Pero ¿por qué no hablas? Vamos, di algo.

Viendo que Nyuta no retiraba el brazo, Volodya

la miró tímidamente, y poco a poco rodeó su cintura con los suyos, juntando las manos detrás. Así cogida, Nyuta levantó las manos enseñando los codos oscuros y ocultó los mechones de pelo mojado debajo del pañuelo diciendo con voz tranquila:

—Es preciso que seas delicado, fino, y solo de este modo caerás bajo la influencia femenina. Pero ¡qué cara más apurada pones! Debes reírte, hablar... Sí, Volodya, no seas de ese modo; eres joven y te queda tiempo de sobra para filosofar. Ahora suéltame que tengo que irme. Suéltame, vamos.

Sin esfuerzo alguno, se vio libre, y tarareando una canción salió del emparrado. Volodya se quedó solo. Se atusó el pelo, sonrió, y paseó varias veces de un lado a otro; luego se sentó en un banco y volvió a sonreír. Estaba avergonzado, tanto que se preguntaba con asombro si era posible que la vergüenza humana pudiera alcanzar tal grado de intensidad. Esta vergüenza le hacía sonreír, gesticular y murmurar palabras sin sentido.

Estaba avergonzado de haber sido tratado como un niño pequeño, avergonzado de su timidez, y sobre todo de haber tenido la audacia de rodear con sus brazos la cintura de una respetable señora casada. Mucho más cuando le parecía a él no tener ni edad, ni cualidad exterior alguna, sin posición social ni derecho de ninguna clase para permitirse esta libertad...

Se levantó de un brinco y salió del emparrado; luego, sin mirar a su alrededor, corrió sin parar hasta encontrarse a bastante distancia de la casa.

«¡Ah!, ¡marcharse, marcharse de allí lo antes posible! —se repetía sacudiendo la cabeza—. ¡Dios santo!, lo antes posible.»

El tren en el cual debía partir Volodya con su *maman* salía a las ocho y cuarenta. Faltaban aún tres horas, pero de buena gana se hubiera ido en aquel momento a la estación sin esperar a *maman*.

A las ocho entró en la casa. Había tomado una determinación: arriesgar el todo por el todo.

Resolvió que entraría mirando a todos, hablando en voz alta y sin miedo alguno. Atravesó la terraza, el gran *hall* y el salón, y allí se paró para tomar aliento.

En el comedor, la señora Shumihins, *maman* y Nyuta tomaban el té charlando y riéndose de alguna cosa.

Volodya escuchó con atención.

—¡Te lo aseguro! —decía Nyuta—. Yo no lo creería si no lo hubiera visto. Cuando empezó a declararme su amor, ¡imagínate!, me cogió por la cintura; estaba irreconocible. ¡Parece mentira, siendo como es! Al decirme que estaba enamorado de mí, tenía un aire feroz, parecía un circasiano.

—¿De veras? —gritaba *maman* en medio de carcajadas—. ¿De veras? ¡Cómo me recuerda a su padre!

Volodya al oír esto echó a correr y salió al aire libre.

—¿Cómo puede hablar así de esto en voz alta? —se preguntaba angustiado, juntando las manos y mirando horrorizado al cielo—. ¡Y hablan con esa tranquilidad, a sangre fría!... ¡Y *maman* riéndose!... *Maman!* ¡Dios mío! ¿Por qué me diste una madre como esta? ¿Por qué?

Pero tenía que volver a la casa, pasara lo que pasara. Dio unos cuantos paseos por la avenida y, ya un poco más tranquilo, entró.

—¿Por qué no has venido a tomar el té? —preguntó de mal humor la señora Shumihins.

—Lo siento mucho, pero... es hora de marcharme —murmuró sin levantar la vista—. *Maman*, ¡son las ocho!

—Te marchas solo, hijo —contestó *maman* lánguidamente—. Me quedo con Lilí esta noche. Adiós, hijo mío... Déjame que te bendiga.

Hizo la señal de la cruz sobre él y, volviéndose a Nyuta, le dijo en francés:

—Se parece a Lermontov..., ¿verdad?

Después de decir adiós a todos sin mirar a ninguno a la cara, Volodya salió del comedor. Diez minutos más tarde, iba contento camino de la estación. La vergüenza y el miedo se le habían acabado y se sentía libre y a sus anchas.

A media legua de distancia de la estación, se sentó en una piedra al lado del camino mirando al sol ocultarse tras las montañas. En la estación había encendidas algunas luces; una de ellas, de color verde, brillaba débilmente, pero el tren no había llegado aún. A Volodya le agradaba estar allí sentado, quieto y observando cómo la noche llegaba poco a poco. La oscuridad del emparrado, los pasos, el olor de la casa de baños, la risa y la cintura de Nyuta, todo aquello se le vino a la mente, y ya no le parecía tan terrible y de tanta importancia como antes.

«Ella no retiró la mano y además se echó a reír cuando la cogí por la cintura —pensó—. De manera que no debe de haberle sido desagradable. Si no, se habría enfadado.»

Y Volodya sintió no haber sido algo más atrevido cuando estaba en el emparrado. Sintió haberse marchado de aquella manera tan estúpida, ahora precisamente que estaba convencido de su audacia si encontraba otra ocasión como aquella.

Seguramente no sería difícil encontrar otra oportunidad. Los Shumihins tenían costumbre de dar un paseo después de cenar. Si él conseguía pasearse solo con Nyuta en la oscuridad del jardín, ya estaba.

«Voy a regresar —pensó—, y mañana por la mañana me iré... Diré que he perdido el tren.»

Y se volvió... Madame Shumihins, *maman*, Nyuta y una de las sobrinas, sentadas en la terraza jugaban al *vint*. Cuando Volodya les contó la mentira de que había perdido el tren, le dijeron que se acostara pronto, no fuera a llegar tarde al examen al día siguiente. Mientras jugaban, se sentó a un lado mirando malhumorado a Nyuta y esperando.

Ya tenía formado su plan: se acercaría a Nyuta en la oscuridad, la cogería por la mano y luego la abrazaría; no había necesidad de hablar nada, puesto que ambos se entenderían divinamente sin palabras.

Pero después de comer, las señoras no fueron a pasear al jardín, sino que siguieron jugando a las cartas. Jugaron hasta la una de la noche y luego se marcharon a la cama.

«¡Qué estupidez! —pensó Volodya, fastidiado, al dirigirse a su cuarto—. Pero, bueno, no importa, esperaré a mañana..., mañana en el emparrado. Lo mismo da...»

No se acostó, sino que se sentó en la cama encogiendo las rodillas y pensando. La idea del examen le era odiosa; ya sabía que lo iban a suspender y, después de todo, la cosa no tenía nada de terrible. Al contrario, le parecía muy bien. Al día siguiente sería tan libre como un pájaro; se pondría trajes corrientes, en vez del uniforme del colegio; fumaría a su antojo; iría allí de vez en cuando y haría el amor a Nyuta cuando le diera la gana. Ya no sería un colegial, sino todo un hombre.

En cuanto a lo que llamaban carrera, porvenir, etcétera, ya lo tenía decidido: entraría en el ejército, o si no, en telégrafos, o bien de mancebo en una tienda, hasta que, a fuerza de trabajo y paciencia, consiguiera llegar a ser el dueño... Había mucho donde escoger. Pasaron una o dos horas y todavía estaba sentado en la cama...

Hacia las tres de la mañana, cuando ya empezaba a haber claridad, se abrió cautelosamente la puerta del cuarto, y *maman* entró en la habitación.

—¿Todavía no estás dormido? —preguntó bostezando—. Duérmete; no he venido más que un momento a buscar una medicina...

—¿Para qué?

—Para Lilí; a la pobre le han vuelto a dar los espasmos. Pero duérmete, hijo, que mañana tienes que examinarte...

Sacó una botella de un armario, fue a la ventana, miró la etiqueta y se marchó.

—María Leontyevna, ¡esta no es la medicina! —oyó Volodya que decía una voz de mujer—. Esto es valerianato, y Lilí lo que necesita es morfina.

Era la voz de Nyuta. Volodya se quedó frío. Se puso corriendo los pantalones y la chaqueta y se dirigió a la puerta.

—¿Entiendes? Morfina —explicaba Nyuta en voz baja—. La etiqueta debe estar en latín. Despierta a Volodya, él la encontrará.

Maman abrió la puerta y Volodya pudo ver a

Nyuta. Llevaba la misma blusa suelta que por la mañana al ir al baño. Los cabellos le caían en desorden sobre los hombros y tenía cara de sueño.

—¡Cómo! Volodya no está dormido... —dijo la madre—. Volodya, haz el favor de buscar la morfina en el armario; debe estar ahí. ¡Esta Lilí siempre tiene que tener alguna cosa!

Maman murmuró algo más, bostezó y se fue.

—Búscala —le dijo Nyuta—. ¿Qué haces ahí de pie todavía?

Volodya fue al armario, abrió la parte de abajo, se arrodilló y empezó a rebuscar entre los frascos y cajas de medicinas. Le temblaban las manos y sentía en el estómago una sensación extraña, como si olas frías se le movieran dentro. Levantaba sin saber por qué los frascos derramando algunos de ellos, y el olor del éter y de las drogas lo sofocaba.

«Creo que *Maman* se ha ido —pensó—. Me parece muy bien... Muy bien.»

—¿Quieres darte prisa? —balbuceó Nyuta.

—En seguida... Aquí me parece que está —dijo Volodya leyendo la palabra «mor...» en una de las etiquetas—. Sí, esto es.

Nyuta estaba en la puerta con un pie dentro de la habitación y otro fuera, recogiéndose el pelo, cosa un poco difícil porque lo tenía muy largo y espeso. Desde allí miraba vagamente a Volodya.

Y de aquel modo, iluminada por la luz del amanecer, con la faz somnolienta y el pelo suelto, Volodya la encontró cautivadora, magnífica...

Fascinado, temblando al recordar el abrazo en el emparrado, le alargó la botella, diciendo:

—¡Qué hermosa es usted!

—¿Qué?

Entonces entró en el cuarto y volvió a repetir la pregunta sonriendo.

Volodya la miraba en silencio; luego, exactamente lo mismo que la otra vez, le cogió una mano.

Nyuta, riéndose, esperaba los acontecimientos.

—La amo —susurró.

Ella dejó de sonreír y, después de pensar un momento, le dijo:

—Espérate un poco, me parece que viene alguien. ¡Estos colegiales! —exclamó, yendo hacia la puerta y mirando al pasillo—. No, no viene nadie.

Volvió entonces donde estaba Volodya, y a este le pareció que la habitación, Nyuta, el sol naciente y él mismo, todo, se reunía en una sensación de extraordinaria e increíble felicidad por la que merecía darse la vida entera y soportar eternos tormentos. Pero pasado un momento todo había desaparecido y Volodya vio delante de sí una cara gorda, vulgar, contraída por una expresión de asco, y él mismo sintió repentino disgusto por lo que había sucedido.

—Ahora mismo me voy —dijo Nyuta, mirando a Volodya con enfado—. ¡Miren el ganso feo este!

¡Qué indecente encontraba Volodya ahora los pasos de Nyuta, el pelo tan largo, la blusa tan suelta y hasta la voz!

«Feo y ganso... —pensó después de que ella se hubiera marchado—. Verdaderamente que soy feo..., todo es feo...»

El sol estaba saliendo, cantaban los pájaros y en el jardín se oía el ruido de la carretilla del jardinero...

Poco después llegó hasta él el mugido de las vacas y la canción de un pastor. Los rayos del sol y aquellos sonidos le indicaron que existía en este mundo otra vida pura, poética. Pero ¿dónde encontrar aquella vida? Volodya nunca oyó hablar de ello ni a su *maman* ni a nadie de los que le rodeaban.

Cuando el criado vino a despertarlo, se hizo el dormido...

«¡Vayan todos al diablo!», pensó.

A las once se levantó de la cama.

Empezó a peinarse delante del espejo y al contemplar su pálido rostro, aún más feo por la mala noche, pensó:

«Tenía razón... Soy bastante feo».

Cuando *maman* lo vio se quedó horrorizada de que no hubiera ido al examen. Volodya le explicó que se había quedado dormido y que se presentaría otro día con un certificado del médico.

Madame Shumihins y Nyuta se despertaron a la una. Volodya oyó cómo madame Shumihins abría la ventana de un golpe, y a Nyuta que contestaba con carcajadas a algo que ella gritaba. Vio cómo se abría la puerta y una fila de sobrinas y otros estafermos por el estilo (entre los últimos su *maman*) desfilaban hacia el comedor. Allí contempló la sonriente y fresca cara de Nyuta al lado de la ceñuda de su marido el arquitecto, que acababa de llegar. Nyuta llevaba un vestido ruso que le sentaba muy mal y le daba un aspecto ordinario; el arquitecto hacía chistes malos.

El guisado que sirvieron le pareció a Volodya que tenía demasiada cebolla, y también le parecía que Nyuta se reía muy alto a propósito y lo miraba como para darle a entender que le importaba muy poco lo sucedido la noche anterior y la presencia en la mesa del «ganso feo». A las cuatro, Volodya se marchó en coche a la estación con su *maman*. Recuerdos antipáticos se le venían a la memoria: la noche en vela que había pasado y la perspectiva de la expulsión del colegio le habían puesto de un humor insoportable. Miró el afilado perfil de *maman*, su naricilla y el impermeable que llevaba, regalo de Nyuta, y murmuró:

—¿Por qué te pones polvos? ¡Parece mentira, a tu edad! Estás haciendo que todo el mundo hable de ti; no pagas lo que debes en el juego, fumas el tabaco de los demás... ¡Es una cosa feísima! ¡No te quiero nada! ¡Nada, absolutamente!

La estaba insultando, y María Leontyevna abrió los ojillos alarmadísima, levantando las manos, y gritó horrorizada:

—¡Qué estás diciendo, hijo! ¡Dios santo, que te va a oír el cochero! ¡Cállate, que lo oye!

—¡No te quiero nada!... ¡No te quiero! —siguió diciendo casi sin aliento—. No tienes alma ni sabes lo que es tener moral de ninguna clase... ¡Quítate ahora mismo ese impermeable! ¿Oyes? ¡Si no, te lo haré pedazos!...

—Contente, hijo, contente —decía *maman* llorando—, ¡que te va a oír el cochero!...

—Y la fortuna de mi padre, ¿dónde ha ido a parar? ¿Y la tuya? Todo lo has malgastado. No me avergüenzo de ser pobre, no, sino de tener una madre como tú... Cuando mis compañeros de colegio me preguntan por ti siempre tengo que sonrojarme.

En el tren tenían que pasar dos estaciones antes de llegar a la ciudad. Volodya se pasó todo el tiempo en la plataforma tiritando de frío, pero no quería entrar porque allí estaba la madre tan odiada. Se odiaba a sí mismo; al revisor de los billetes; al humo de la máquina y a aquel frío que le hacía temblar, y lo que más sentía era que en otro sitio había personas gozando de aquella vida pura, honrada, llena de amor, de alegría y de serena tranquilidad... La felicidad existía, y él, en cambio, era tan desgraciado. Estos pensamientos tan tristes le pusieron en tal estado que uno de los viajeros, después de mirarlo atentamente, se acercó a preguntarle si le dolían las muelas.

En la ciudad, *maman* y Volodya vivían con María Petrovia, señora de alto rango que cedía habitaciones a algunas personas. *Maman* tenía dos cuartos, uno con ventanas, adornado con cuadros, de marco dorado, en el que dormía ella, y otro oscuro y pequeño, contiguo al suyo, perteneciente a Volodya. En este último había por todo adorno un sofá que servía de cama al muchacho; el resto de la habitación estaba materialmente atestado de baúles llenos de trajes, sombreros, cajas y toda clase de trastos que *maman* guardaba no se sabe para qué. Volodya estudiaba las lecciones en el cuarto de su madre o en el «cuarto general», como llamaban los huéspedes de la casa a la habitación en que se reunían todos a la hora de comer y por la noche.

Al llegar a su casa, Volodya se echó en el sofá tapándose con la colcha para entrar en calor. Las cajas, las sombrereras y los baúles le recordaron que no tenía habitación propia ni refugio alguno donde irse lejos de su madre y de toda aquella gente cuyas voces sonaban en el «cuarto general».

Los libros amontonados en un rincón, el examen perdido... Sin saber por qué empezó a acordarse de Menton, donde vivió con su padre cuando tenía siete años, de Biarritz y de dos niñas inglesas que jugaban con él en la playa... Se esforzaba en recordar el color del cielo, el mar, la altura de las olas y su modo de ser en aquellos tiempos, pero por mucho que se esforzó, no lo consiguió. Las niñas inglesas las veía en su imaginación como si estuvieran delante de él; el resto era una mezcla de imágenes extrañas que flotaban confusamente...

«¡Qué frío hace aquí!», pensó, y se levantó; se puso un abrigo y entró en el «cuarto general». Estaban tomando el té. *Maman*, una señora vieja con gafas de carey que daba lecciones de música, y Agustín Mihalitch, un francés alto y robusto, de edad ya avanzada, que estaba empleado en las oficinas de una perfumería.

—No he comido hoy —decía *maman*—. Voy a mandar a la criada a por pan.

—¡Dunyasha! —gritó el francés. Pero la muchacha había salido sin duda a algún recado de la dueña—. No importa —dijo Mihalitch sonriendo estúpidamente—. Da lo mismo. Ahora voy yo a comprarlo.

Dejó a un lado el cigarro que estaba fumando, se puso el sombrero y se marchó a la calle. Después de que se hubiera marchado, *maman* explicó a la profesora de música su estancia en casa de los Shumihins, y lo bien acogida que era siempre que iba.

—Lili Shumihins es pariente mía, ¿sabe usted?

—decía—. Su difunto marido, el general Shumihins, era primo de mi esposo. Ella es baronesa de Kolb...

—¡*Maman*, eso es mentira! —exclamó Volodya con tono irritado—. ¿Por qué dices embustes?

Sabía perfectamente que lo que contaba su madre era verdad y, sin embargo, había tanta falsedad en su manera de hablar, en la expresión de la cara y los ojos, que le pareció que estaba mintiendo.

—¡Eso es mentira! —repetía Volodya furioso, y dio un puñetazo en la mesa con tal fuerza que derramó el té y cuanto había en ella—. ¿Por qué hablas de generales y baronesas? ¡Todos son embustes!

La maestra de música, desconcertada, tosía con el pañuelo en la boca fingiendo estornudar. *Maman* lloraba apuradísima.

«¡Señor! ¿Adónde me voy?», pensó Volodya. Ya antes había estado en la calle y le daba vergüenza ir con sus compañeros de colegio. Por segunda vez se volvió a acordar de las niñas inglesas... Dio unos cuantos paseos por el «cuarto general» y luego entró en la habitación de Agustín Mihalitch. Olía a perfume y a jabón de glicerina. Sobre la mesa, en la ventana y hasta en las sillas se acumulaban frascos, botellas y frascos con líquidos de distintos colores. Volodya cogió un periódico, lo abrió y leyó:

Le Figaro... Olía desagradablemente a la tinta de la imprenta. Sus ojos se posaron sobre un revólver que había sobre la mesa y puso la mano sobre él...

—¡Vamos, vamos! No haga usted caso —decía la maestra de música en el cuarto de al lado consolando a *maman*—. ¿No ve usted que es muy jovencillo?

Los jóvenes de su edad no saben contenerse. Hay que hacerse cargo.

—No, Yevgenya Andreyevna, está demasiado mimado —contestaba *maman* con voz plañidera—. No hay ninguna persona que ejerza autoridad sobre él y a mí no me hace ningún caso. ¡Oh, qué desgraciada soy!

Volodya se metió el cañón del revólver en la boca, sintió algo así como un gatillo o un muelle que rozaba sus dedos y lo apretó...

Notó que sobresalía aún y volvió a apretar. Luego se sacó el cañón de la boca y lo limpió con la chaqueta y examinó la llave con atención.

Era la primera vez en su vida que cogía un revólver...

—Me parece que hay que levantar esto... —reflexionó—. Sí, así debe ser.

Agustín Mihalitch entró en el «cuarto general» contando entre risotadas algo muy gracioso. Volodya volvió a meterse el cañón en la boca, lo sujetó con los dientes y apretó fuerte el muelle con los dedos...

Sonó un tiro... Sintió un golpe terrible en la cabeza y cayó boca abajo sobre la mesa entre los frascos y las botellas. En aquel momento vio ante sí la imagen de su padre, igual que como estaba en Menton, con un sombrero alto y una gasa negra alrededor, llevaba luto por una señora desconocida; lo agarró por las manos y los dos cayeron de cabeza en un foso oscuro y profundo...

Luego todo se borró confusamente ante sus ojos.

Lecciones caras

Es un gran inconveniente para un hombre instruido no conocer las lenguas extranjeras. Vorotov lo pensaba así cuando, después de recibir el grado de doctor, se dedicaba a un pequeño trabajo científico.

—¡Es terrible! Sin las lenguas extranjeras es del todo imposible trabajar. Soy como un pájaro sin alas.

Se desalentaba y, sofocado, recorría la estancia a largos y pesados pasos; a pesar de sus veintiséis años, padecía ya de asma y tenía abotagado el rostro. Se decidió a estudiar por lo menos el francés y el alemán, y rogó a algunos de sus amigos que le buscasen profesor.

Una tarde de invierno, estando Vorotov trabajando en su casa, su criado le anunció que una señorita deseaba verlo.

—Que pase —dijo Vorotov.

Momentos después entró en el cuarto una muchacha, vestida con suma distinción y conforme a la última moda. Se presentó como profesora de francés.

—Me llamo Alicia Osipovna Anket. Me envía su amigo Petrov.

—¿Petrov? ¡Me alegro mucho! ¡Tenga la bondad de sentarse! —dijo Vorotov, tapando con la mano el cuello de su camisa de dormir y tosiendo.

Y empezaron a hablar de las condiciones. Mientras hablaban, Vorotov observaba a hurtadillas a la muchacha. Era una verdadera francesa muy joven y elegante. A juzgar por la lánguida palidez del rostro y por el talle fino, esbelto, no se le podían suponer más de dieciocho años, pero fijándose en sus ojos severos y en sus anchos hombros, Vorotov se dijo que debía tener veintitrés o quizá veinticinco. Después le pareció de nuevo que solo tenía dieciocho. Su expresión era la fría y atareada de un hombre que ha venido a hablar de negocios. Desde el principio al fin de la conversación, permaneció impasible, sin sonreír ni fruncir las cejas. Solo manifestó un ligero asombro cuando se enteró de que era el mismo Vorotov quien había de ser su discípulo: suponía que se la llamaba para dar lecciones a algún niño.

—¡Entonces, convenido, Alicia Osipovna! —le dijo Vorotov—. Trabajaremos todas las tardes, de siete a ocho. Acepto sus condiciones: un rublo por lección.

Le ofreció té o café, pero ella no aceptó. Para prolongar la conversación, le pidió amistosamente algunas noticias relativas a ella: dónde estaban sus padres, dónde había hecho sus estudios y de qué vivía.

La señorita Alicia, conservando siempre la expresión impasible y atareada, respondió que había hecho sus estudios en una escuela privada y obtenido un diploma de institutriz, que había perdido hacía muy poco a su padre, víctima de la escarlatina, y que su madre fabricaba y vendía flores artificiales.

—Y usted, ¿tiene mucho trabajo?

—Por la mañana doy lecciones en un colegio de niñas, y por las tardes, en casas particulares.

Se fue, dejando tras ella un perfume leve y exquisito.

Vorotov, después de que partiera, parecía muy distraído y no trabajaba. «Está muy bien —pensaba— que muchachas como esta sean económicamente independientes. Pero, por otra parte, es una lástima que se consuman en la lucha por la existencia jóvenes tan bonitas y tan elegantes como la señorita Alicia.»

No había visto nunca francesas virtuosas, y pensó que aquella elegante muchacha, tan bien vestida, de espléndidos hombros, tendría, además de las lecciones, alguna otra ocupación.

La tarde siguiente, a las siete menos cinco, la señorita Alicia se presentó, roja de frío. Sin preámbulo alguno abrió un manual de la lengua francesa, que llevaba consigo, y comenzó en el acto: «La lengua francesa tiene veintiséis letras. La primera se llama a; la segunda, b...».

—Perdóneme —la interrumpió Vorotov sonriendo—. Debo prevenirle que conmigo necesitará usted cambiar un poco su método, dado que, mire... conozco bien el latín y el griego y he estudiado, además, filología comparada. Me parece que podríamos prescindir de ese manual, y empezar a leer a algún autor francés.

Y comenzó a explicarle cómo estudian las personas adultas las lenguas extranjeras.

—Un amigo mío —dijo—, colocando ante sí el Evangelio en francés, en alemán y en latín, los leía paralelamente, traduciendo con cuidado cada palabra. Y de este modo consiguió su objetivo en menos de un año. Si le parece a usted bien, procederemos del mismo modo. Cojamos cualquier autor francés, y leámoslo.

La señorita Alicia lo miró con asombro. Evidentemente, la proposición de Vorotov le parecía muy ingenua, incluso estúpida. Pero puesto que no era un chico a quien se le pudiera mandar, sino una persona adulta, se contentó con encogerse ligeramente de hombros y dijo:

—Como usted quiera.

Vorotov buscó en su biblioteca, y halló un libro en francés muy usado.

—¿Este? —preguntó.

—Es igual.

—Entonces comencemos, con la ayuda de Dios. Lo primero, el título: *Mémoires*.

Ella tradujo. Él repitió. Con su sonrisa bonachona, y respirando pesadamente, se dedicó durante un cuarto de hora al análisis lingüístico de la palabra *memorias*.

La señorita Alicia se sentía cansada. Respondía con trabajo a las preguntas de su discípulo, sin comprender lo que quería y sin querer comprenderlo. Al hacerle las preguntas, Vorotov la examinaba a hurtadillas.

«Tiene el pelo rizado —pensaba—. Es asombrosa: trabaja todo el día, y aún le queda tiempo para rizarse el pelo.»

A las ocho en punto la profesora se levantó.

—¡Hasta mañana, señor! —dijo fríamente.

Y se marchó, dejando tras sí el mismo leve, exquisito y turbador perfume. También entonces Vorotov quedó largo rato pensativo, sin hacer nada.

Las lecciones siguientes llevaron al ánimo de Vorotov la convicción de que su profesora era una señorita muy seria, formal y simpática, pero sin instrucción alguna e incapaz de enseñar ni siquiera a las personas mayores. Y para no perder el tiempo decidió despedirla y llamar a otro profesor. Cuando se preparaba para darle la séptima lección, sacó él del bolsillo un sobre con siete rublos y, muy confuso, dijo:

—Perdóneme, señorita Alicia, pero debo decirle... que... me veo en la triste obligación...

Miró ella el sobre y comprendió de qué se trataba. Por primera vez desapareció la expresión impasible y fría de su rostro. Se ruborizó un poco y, bajando los ojos, se puso a jugar nerviosamente con su fina cadena de oro. Al verla así, Vorotov comprendió que el rublo que le pagaba por lección tenía para ella una gran importancia y que le sería muy sensible perderlo.

—Debo decirle —balbuceó aún más confuso, y volviendo a meterse el sobre en el bolsillo— que... Excúseme, me veo en la obligación de dejarla sola diez minutos.

Y simulando que no tenía, ni por asomo, la intención de despedirla, sino que le pedía simplemente permiso para retirarse unos momentos, salió a la habitación contigua y permaneció diez minutos en ella.

Volvió a entrar, más confuso aún, seguro de que su engaño se había adivinado.

Se reanudaron las lecciones.

Vorotov no ponía en ellas ningún entusiasmo. En la certeza de que no servirían para nada, las dejó al arbitrio de la señorita Alicia, y no volvió a hacerle preguntas. Ella traducía presurosa, sin detenerse, diez páginas por hora. Vorotov no la escuchaba, y se limitaba a examinar con disimulo sus cabellos rizados, su cuello de marfil, sus finas manos blancas, y a respirar el perfume que desprendía.

A veces pensamientos frívolos le asaltaban, y se avergonzaba de ellos; a veces se lamentaba de que la muchacha mantuviese con él una actitud tan fría y reservada; la faz, impasible. Y no sabía cómo arreglárselas para inspirarle algo de confianza, para entablar con ella una relación de amistad y decirle que enseñaba muy mal, para guiarla, a fin de cuentas, y ayudarla.

Una tarde llegó vestida con un traje muy elegante, ligeramente escotado. Estaba tan perfumada como si una nube de fragancias la envolviese de arriba abajo. Se excusó y dijo que solo disponía de media hora, pues la habían invitado a un baile.

Él miraba su cuello y sus hombros medio desnudos, y sentía el influjo arrebatador de aquella nube de fragancias, de aquella desnudez y de aquella belleza; mientras ella, sin preocuparse por él ni por sus sentimientos, pasaba una tras otra las hojas y traducía con rapidez vertiginosa, disparatando de un modo terrible: «¿Dónde vais, señor mi amigo? Viendo vuestra figura talmente pálida, eso me daña el corazón».

Otra tarde llegó a las seis en vez de llegar a las siete.

—Perdóneme —dijo— que venga tan pronto, pero me han invitado al Teatro Dramático.

Cuando se fue, Vorotov se vistió, encaminándose también al Teatro Dramático. «Hace mucho tiempo que no voy al teatro», pensó, como para justificarse. No quería confesarse a sí mismo que iba por ver a su profesora. Se tenía por un varón demasiado sesudo para correr tras una muchacha poco inteligente.

Pero en los entreactos su corazón latía más deprisa que de costumbre. Recorría el vestíbulo y los pasillos con la esperanza de encontrarla. Cuando los timbres anunciaban que iba a alzarse el telón, se disgustaba y no sentía el menor interés por la obra.

Al fin, antes del último acto, la divisó entre la multitud que se agolpaba en el vestíbulo. Un presentimiento de dicha inundó su corazón e iluminó su rostro con una sonrisa de alegría.

La señorita Alicia no estaba sola: a su lado había dos estudiantes y un oficial. Ella reía, hablaba en voz alta, coqueteaba mucho y parecía muy feliz. Por primera vez en su vida, Vorotov, aunque vagamente, experimentó el tormento de los celos. Nunca la había visto tan feliz, tan contenta, tan espontánea. Con aquellos jóvenes se encontraba, sin duda alguna, por completo a su gusto; mientras que con él...

Hubiera querido hallarse, aunque fuera por un breve espacio, en el lugar del oficial o de los estudiantes.

Saludó a la señorita Alicia, que le respondió con frialdad y volvió la cabeza: acaso quisiera ocultar que daba lecciones.

Una honda tristeza oprimió el corazón de Vorotov. Desde aquella noche comprendió que estaba enamorado de la señorita Alicia. Durante las lecciones siguientes la devoraba con los ojos, ponía una atención cordial en cada uno de sus rasgos, bebía ávidamente el perfume que exhalaba. Ella se mantenía siempre en una actitud llena de reserva y de indiferencia. A las ocho en punto, se levantaba.

—¡Hasta mañana, señor! —decía con frialdad.

Y se marchaba impasible, no comprendiendo ni queriendo comprender lo que sentía por ella. Esta indiferencia lo hacía muy desgraciado. Se daba clara cuenta de que no debía esperar nada.

A veces, en plena lección, empezaba a soñar, a proyectar cosas audaces. Con frecuencia se decidía a hacerle una declaración de amor. Pero en cuanto ponía los ojos en su rostro frío e imperturbable, sus pensamientos amorosos se extinguían como la llama de una vela al soplo de un viento glacial.

Una vez, estando ella a punto de partir, la detuvo y, anheloso, loco, balbuceó:

—Dos palabras..., solo dos palabras... ¡La amo a usted! La amo de tal modo...

Ella palideció, probablemente temerosa de que

tras aquella declaración se acabaran las lecciones, y con ellas, los rublos, y con espanto en los ojos, dijo:

—¡No, eso, no! ¡Se lo ruego, eso, no!

Vorotov no durmió en toda la noche. Estaba avergonzado. Creía haber ofendido a la señorita Alicia y temía que no volviese. Se propuso escribirle pidiéndole perdón y rogándole que continuase sus lecciones.

Pero ella volvió sin necesidad de eso. Al principio parecía un poco cohibida. Después abrió el libro y empezó a traducir, como siempre, muy deprisa y diciendo disparates: «¡Oh, señor, mi caro amigo, no desgarréis esas flores que yo quiero dar a la señorita mi hija!».

Continúa siendo muy puntual. Llega a las siete en punto y se va sonando las ocho.

Ha traducido ya cuatro libros, pero Vorotov, salvo la palabra *mémoires*, no sabe absolutamente nada. Y cuando sus amigos le preguntan si ha adelantado mucho en la lengua francesa, responde con un gesto desesperado y empieza a hablar del sol que brilla o de la lluvia que cae.

Gusev

I

Las tinieblas se hacen más espesas. Llega la noche. Gusev, un soldado con la licencia absoluta, se incorpora en su litera y dice a media voz:

—Escucha, Pavel Ivanich: me ha contado un soldado que su barco se estrelló en aguas de la China contra un pez tan grande como una montaña. ¿Es posible?

Pavel Ivanich no contesta, como si no le hubiera oído.

El silencio reina de nuevo. El viento se pasea por entre los mástiles. La máquina, las olas y las hamacas producen un ruido monótono; sin embargo, habituado el oído desde hace mucho tiempo, casi no lo percibe, y diríase que todo alrededor está sumido en un sueño profundo.

El tedio gravita sobre los viajeros de la cámara hospital. Dos soldados y un marinero regresan enfermos de la guerra; se han pasado el día jugando a las cartas, pero, cansados de jugar, se han acostado y duermen.

El mar parece algo agitado. La litera en que está acostado Gusev, ora sube, ora baja, con lentitud, como un pecho anhelante. Algo ha sonado al caer al suelo, acaso una taza metálica.

—El viento ha roto sus cadenas y se pasea por el mar a su gusto —dice Gusev, el oído atento.

Ahora Pavel Ivanich no se calla, sino que tose y dice con voz irritada:

—¡Dios mío, qué bestia eres! Cuando no se te ocurre contar que un barco se estrelló contra un pez, dices que el viento ha roto sus cadenas, como si fuera un ser viviente...

—No lo digo yo, lo aseguran los buenos cristianos.

—Son tan ignorantes como tú. Hay que tener la cabeza sobre los hombros y no creer todas las tonterías que se cuentan. Hay que reflexionar y no acogerlo todo sin crítica, a ciegas.

Pavel Ivanich se marea. Cuando el mar no está tranquilo está él de mal humor y se enfada por cualquier cosa. Gusev no comprende por qué se enfada tanto. No tiene nada de extraño que un barco se estrelle contra un pez habiendo peces grandes como una montaña y con el lomo duro como el hierro; también es muy natural que el viento rompa sus cadenas. Hace mucho tiempo le dijeron a Gusev que en el extremo del mundo hay unas gruesas murallas de piedra a las que están atados los vientos, los cuales a veces rompen sus cadenas y se lanzan a través del mar, como perros rabiosos. Por otra parte, si los vientos no están sujetos con cadenas, ¿dónde se ocultan cuando el mar está en calma?

Gusev piensa durante largo rato en los peces como montañas, en las gruesas cadenas cubiertas de herrumbre. Después empieza a fastidiarse y se pone a pensar en su aldea, adonde ahora regresa después de cinco años de servicio en el Extremo Oriente. Su imaginación evoca un vasto estanque cubierto de hielo y de nieve. En una de sus orillas hay un horno de vidrio, construido con ladrillos, y por cuya alta chimenea salen negras nubes de humo; en la orilla opuesta se desparraman las casas de la aldea.

Gusev se imagina estar viendo su casa. Su hermano Alexey, que se ha quedado al frente en su ausencia, sale del patio en un trineo; le acompañan sus dos muchachuelos, Vania y Akulka, uno y otra con gruesas botas. Alexey está un poco borracho, Vania ríe, Akulka lleva un chal que casi le tapa la cara.

«¡Pobres criaturas, qué frío deben tener! —piensa Gusev—. ¡Virgen Santa, protégelos!»

El marinero enfermo, junto a Gusev, tiene un sueño muy agitado y sueña en voz alta.

—¡Hay que ponerles medias suelas a las botas! —exclama—. Si no, habrá que tirarlas.

La aldea natal se eclipsa en la imaginación de Gusev, sus pensamientos se embrollan. Ve de pronto una gran cabeza de buey sin ojos, trineos, caballos envueltos en un vaho espeso. Pero recuerda vagamente haber visto su casa, haber visto a los suyos, y siente una enorme alegría que estremece todo su ser.

—¡Los he visto! ¡Los he visto! —murmura soñando, con los ojos cerrados.

Luego se incorpora bruscamente, abre los ojos y busca agua. Después de beber vuelve a acostarse y los sueños vuelven a empezar.

Y así hasta el amanecer.

II

Las tinieblas se van dispersando y la cámara se ilumina. Al principio se ve el pequeño disco azul de la ventana circular; luego Gusev empieza a distinguir a su vecino Pavel Ivanich, el cual duerme sentado (pues tendido se ahoga). Tiene el rostro gris, la nariz larga y afilada, una exigua perilla y los cabellos largos. Sus ojos parecen enormes en su faz terriblemente enjuta. No es fácil precisar si es un intelectual, un comerciante, o tal vez un clérigo. A juzgar por su rostro y sus largos cabellos, se diría que es un frailecito de cualquier convento; pero oyéndole hablar se ve que no es fraile. Está gravemente enfermo, no hace más que toser, respira con dificultad y se halla tan débil que habla con gran trabajo.

Gusev le mira largamente. Habiéndolo notado, Pavel Ivanich se vuelve hacia él y dice:

—Ahora lo comprendo... ¡Sí, lo comprendo muy bien!

—¿Qué comprende usted, Pavel Ivanich?

—Hasta ahora me parecía incomprensible que todos vosotros, a pesar de vuestro grave estado, estuvierais en este barco, en condiciones higiénicas terribles, respirando una atmósfera impura, expuestos al mareo, amenazados a cada instante por la muerte. Ahora ya no me extraña. Es una mala pasada que os han jugado los médicos. Os han metido en este barco para desembarazarse de vosotros. Estaban de vosotros hasta la coronilla. Además, no sois para ellos enfermos interesantes, puesto que no les pagáis. Y no querían que murieseis en el hospital, pues eso siempre causa mala impresión. Para desembarazarse de vosotros necesitaban, primero, no tener escrúpulos, y después, engañar a la administración del barco. Y lo han conseguido: entre cuatrocientos soldados sanos se puede muy bien hacer pasar inadvertidos a cinco soldados enfermos. Una vez a bordo, se os ha mezclado con los sanos, sin notar lo enfermos que estáis, y ya el barco en marcha se ha caído en la cuenta, como era natural, de que sois todos paralíticos y tísicos en último grado; pero ya es demasiado tarde.

Gusev no comprende el sentido de las palabras de Pavel Ivanich. Creyéndolo enojado con él, le dice para justificarse:

—Yo no tengo la culpa; me he dejado embarcar alegrándome mucho de irme a mi casa.

—¡Es escandaloso! —continúa Pavel Ivanich—. Demasiado bien sabían que no soportaríais el viaje, y no les ha dado vergüenza embarcaros. Supongamos que soportáis el viaje hasta el océano Índico, pero ¿y después?... ¡Y pensar que habéis hecho cinco años de servicio! ¡De este modo se os recompensa!

Pavel Ivanich, con rostro airado y ahogada voz, dice:

—Debía contarse esta marranada en los periódicos. Sería una buena lección para esos canallas.

Los dos soldados y el marinero enfermos se han despertado y se han puesto a jugar a las cartas. El marinero sigue en la cama, los soldados están sentados junto a él en el suelo, en posturas incómodas. Uno de ellos tiene la mano y el brazo derechos vendados y se vale de la flexión del codo para sujetar los naipes.

El barco es sacudido impetuosamente por las olas, lo cual impide levantarse a tomar el té.

—¿Has sido ordenanza durante tu servicio militar? —pregunta Pavel Ivanich a Gusev.

—Sí.

—¡Dios mío! —se lamenta Pavel Ivanich—. Arrancan a un hombre de su casa, lo transportan a quince mil kilómetros, le privan de sus fuerzas y de su salud. ¡Y todo para servir de criado a cualquier oficial! ¡Qué cochinería!

—Yo, Pavel Ivanich, no puedo quejarme. No tenía mucho trabajo: por la mañana limpiaba las botas, hacía el té, barría el cuarto, y se acabó. No tenía ya nada que hacer. Mi oficial estaba todo el día ocupado en dibujar planos, y yo disponía de mi tiempo: podía leer, pasearme, charlar con los amigos. No, decididamente, no puedo quejarme.

—¡Es natural! Tu oficial dibujaba planos y tú te fastidiabas a quince mil kilómetros de tu aldea, desperdiciando tus mejores años de la manera más estúpida. Desperdiciabas tu vida, ¿comprendes? Y el hombre solo tiene una vida. La vida no se repite.

—¡Es verdad, Pavel Ivanich! —dice Gusev, que

no comprende sino de una manera muy vaga el razonamiento de su vecino—. Pero si uno cumple su deber a conciencia, como hacía yo, no tiene nada que temer. Los jefes son gentes instruidas y están al tanto de las cosas. A mí nunca me han castigado. Y no me han pegado casi nunca. Que yo recuerde, una vez nada más. Mi oficial me dio una ración de puñetazos.

—¿Por qué?

—Porque yo pegué a unos chinos. Soy muy reñidor, Pavel Ivanich. Un día cuatro chinos entraron en el patio de casa. Creo que venían a buscar trabajo. Pues bien; para pasar el rato, me puse a pegarles. A uno de ellos lo abofeteé hasta hacerle sangrar... Ni yo mismo sé por qué lo hice. Mi oficial, que lo vio por una ventana, me dio una buena lección.

—¡Dios mío, qué estúpido eres! ¡Me das lástima! —dice con voz débil Pavel Ivanich—. ¡Nada comprendes!

Con el ímpetu del oleaje ha ido aumentando la debilidad de Pavel Ivanich. Su cabeza, inerte, tan pronto se inclina hacia atrás como cae sobre su pecho. Tose cada vez con más fuerza.

Tras una corta pausa, Pavel Ivanich pregunta:

—¿Y qué te habían hecho los chinos? ¿Por qué les pegaste?

—No sé... Estaba muy aburrido.

El silencio reina de nuevo. Los dos soldados y el marinero juegan durante horas a las cartas, jurando e insultándose; pero al fin, fatigados, tiran los naipes y se acuestan. Gusev cierra los ojos y, evocados por su imaginación, ve otra vez su aldea y el trineo, con su hermano y sus hijos. La niña, orgullosa de sus botas nuevas, saca los pies fuera del trineo para que las vea todo el mundo.

«¡Qué tonta es! —piensa Gusev—. Y, sin embargo, tiene ya seis años. Más valía que me diera agua...»

Luego ve a su amigo Andron en el camino cubierto de nieve. Lleva un fusil al hombro y una liebre muerta en la mano. Luego ve a Domna, su mujer, que está remendando una camisa y llorando desconsolada.

Se duerme, pero un ruido que viene de arriba, del puente, le despierta. ¿Qué ocurre? Una desgracia acaso. Gusev aguza el oído, pero el ruido cesa. Muy cerca de él, los dos soldados y el marinero juegan de nuevo a las cartas. Pavel Ivanich sigue sentado y sus labios se mueven como si quisiera decir algo, pero no puede hablar.

Hace calor. Falta aire en la cámara, baja y estrecha. Gusev tiene sed, pero el agua tibia le da asco. Las sacudidas del barco son cada vez más fuertes.

De pronto uno de los soldados deja caer sus cartas y mira a los otros jugadores con una mirada estúpida.

—¡Un instante, amigos míos! —dice—. Esperad..., yo..., yo...

Y se tiende en el suelo.

Lo miran, se miran. ¿Qué le pasa? Lo llaman y no contesta.

—Vamos, Stepane, ¿qué tienes? ¿Te sientes mal? —le pregunta con ansiedad el soldado del brazo herido—. ¿Quieres que llamemos al cura?

—Toma un poco de agua. Te sentará bien —dice el marinero, acercándole una taza a los labios.

—Déjalo —grita Gusev—. ¿Aún no te has enterado, imbécil?

—¿De qué?

—¿De qué? De que ya no respira. Se acabó. Está muerto. ¡Dios mío, qué gente más bestia!

III

El mar está tranquilo y Pavel Ivanich de buen humor. No se enfada ya por cualquier cosa; la expresión de su rostro es alegre, irónica, burlona, y parece querer decir: «Escuchad, voy a contaros una cosa muy divertida, vais a desternillaros de risa».

La ventanita circular está abierta, y la brisa suave acaricia la faz de Pavel Ivanich. Se oyen voces, ruido de remos. Bajo la ventanita alguien vocea aguda y desagradablemente; tal vez un chino que se ha aproximado en un bote.

—El barco ha hecho escala en algún puerto —dice Pavel Ivanich, sonriendo—. Un mes más y estaremos en Rusia. Sí, queridos señores, como lo oyen. Yo me iré a Jarkov directamente desde Odesa. Allí tengo un amigo, un periodista. Iré a su casa y le diré: «Deja tus temas escabrosos relacionados con el sexo débil y el amor; deja de cantar las bellezas de la naturaleza; yo te daré un tema más interesante: ¡atiza sin piedad a la indecente bestia humana!».

Se queda sumido unos instantes en sus reflexiones y dice:

—¿Sabes, Gusev, cómo se la he colado?

—¿A quién?

—A los señores de la administración del barco. Mira, aquí no hay más que primera y tercera clase. En tercera solo se admite a los mujiks. Si vas de chaqueta y tienes alguna semejanza, aunque sea muy remota, con un señor o con un burgués, estás obligado a viajar en primera. ¡Y eso cuesta quinientos rublos, muchacho! La administración, ya ves, no puede permitir que un hombre que no es un mujik viaje en compañía de los mujiks, basándose en que se viaja muy mal. Pero ¿y si yo no puedo pagar los quinientos rublos para tener el gusto de viajar en primera, entre los señores? Yo no he hecho negocios sucios, no he robado al Estado, no me he dedicado al contrabando, ¿cómo quieren ustedes que sea rico? Pero, naturalmente, a esos señores no les importa eso. Cueste lo que cueste, hay que pagar un billete de primera. Y yo me he valido de una estratagema: me he vestido de mujik y, haciéndome el zafio y el borracho, me he presentado en la administración. «Excelencia —he dicho—, hágame el favor de darme un billete de tercera, y que Dios le bendiga.»

—¿Y de qué familia es usted? —pregunta Gusev.

—Mi padre era un valiente pope. Decía siempre la verdad a los poderosos de la tierra; con ese motivo padeció mucho. Yo también digo siempre la verdad...

Está fatigado y respira con dificultad, pero continúa:

—Sí, digo siempre la verdad, por desagradable

que sea. No temo a nadie ni a nada. En esto vosotros y yo nos diferenciamos enormemente. Vosotros estáis ciegos, no veis nada, y aunque lo veáis, no lo comprendéis. Creéis que el viento está sujeto con cadenas y otras tonterías semejantes. Os aseguran que sois canallas a quienes se les debe pegar, y lo creéis también. Besáis la mano que os hiere. Se os priva de todo, se os roba, y no solo no protestáis, sino que lo permitís y saludáis humildemente a los ladrones, con tal que vayan bien vestidos y parezcan señores... ¡Sí, sois parias, gente digna de compasión! ¡Yo no soy así! Lo comprendo todo, lo veo todo, como un halcón o un águila que se eleva a gran altura y ve desde allí toda la tierra. Soy la protesta personificada. Veo una injusticia, y protesto; veo un canalla o un hipócrita, y protesto, y soy invencible. Ninguna inquisición española puede imponerme silencio. Si me cortaran la lengua, protestaría con un gesto; si me encerraran en un calabozo, gritaría tanto que me oirían fuera, o me suicidaría por hambre y añadiría un nuevo crimen a los innumerables de los verdugos. Sí, amigo mío, soy así. Todos mis amigos me dicen: «¡Eres un hombre insoportable, Pavel Ivanich!». Y yo estoy orgulloso de esta reputación. Solo he sido tres años empleado del Estado en el Extremo Oriente, y se acordarán allí de mí durante un siglo: todo el mundo me aborrece. Los amigos me escriben que no me conviene volver a Jarkov, pues conocen mi carácter belicoso. Pero, no obstante, vuelvo: ¡tanto peor si no les gusta!... ¿Comprendes ahora? Mi vida es la lucha constante. ¡Y esto se llama vivir!

Gusev casi no escucha y mira por el ojo de buey. Sobre el agua límpida, de color de turquesa, se balancea un bote inundado de sol cálido y deslumbrante. En él, de pie y desnudos, unos chinos enseñan jaulas con canarios y gritan:

—¡Canta, canta!

Una lancha de vapor surca no lejos del buque el agua tranquila. Luego aparece otra lanchita donde un chino gordo come arroz sirviéndose de unos palillos. El agua parece indolente y dormida. Las gaviotas vuelan sobre ella.

Gusev mira al chino gordo y piensa:

«Sería muy divertido darle unos sopapos a ese animal de cara amarilla».

Luego se duerme. Se le antoja que el sueño lo invade todo en torno suyo.

Las horas transcurren, el tiempo se desliza rápido.

El día pasa de un modo casi inadvertido, y poco a poco las tinieblas descienden sobre el mar. El barco reanuda su marcha.

IV

Pasan dos días más. Pavel Ivanich, en vez de estar sentado, permanece tendido siempre. Tiene cerrados los ojos y más afilada aún la nariz.

—¡Pavel Ivanich! —le llama Gusev.

El otro abre los ojos y mueve ligeramente los labios.

—¿No está usted bien? —pregunta Gusev.

—Esto no es nada —responde Pavel Ivanich con

voz débil—. Al contrario, me siento mejor... Hasta puedo estar acostado.

—No sabe usted cuánto me alegro.

—Sí. Estoy en mejor situación que vosotros. Porque, mira, mis pulmones están muy fuertes... No importa que tosa, proviene del estómago. Puedo soportar el infierno, no ya el mar Rojo... Además, sé analizar cuanto pasa en mí y darme cuenta exacta de ello, mientras que vosotros no comprendéis nada... Os compadezco de todo corazón.

Las olas no sacuden ya el barco, pero el aire es pesado y cálido como en un baño de vapor. Es difícil no solo hablar, sino hasta escuchar. Gusev se abraza a sus rodillas y pone el pensamiento en su aldea. Es un placer enorme, con tanto calor, pensar en la nieve que cubre su aldea en esta época del año.

Sueña que va en trineo a través de los campos. Los caballos, espantados, no sabe por qué, galopan vertiginosamente, como locos, y atraviesan las hondonadas, el estanque. Los campesinos se esfuerzan en detenerlos, pero Gusev está muy alegre; recibe con gozo en el rostro, en las manos, la caricia glacial del viento, y la nieve le regocija al caer sobre su cabeza y su pecho y al rozar su cuello.

No se siente menos a gusto cuando el trineo vuelca y cae en la nieve. Se levanta satisfechísimo, cubierto de nieve desde la cabeza a los pies, y se sacude riendo. Los campesinos ríen también a su alrededor, y los perros, inquietos, ladran. ¡Verdaderamente delicioso!

Pavel Ivanich entreabre un ojo, mira a Gusev y pregunta:

—¿Tu oficial era ladrón?

—No sé, Pavel Ivanich. Esas cosas no nos incumben.

Reina un largo silencio. Gusev está sumido en sus ensoñaciones y a cada instante bebe agua. Le es difícil hablar y escuchar y teme que cualquiera le dirija la palabra.

Una hora, dos horas transcurren. A la tarde sucede la noche, pero él no se da cuenta; permanece siempre sentado, la cabeza sobre las rodillas, y piensa en su aldea, en el frío, en la nieve.

Se oyen pasos, voces. Al cabo de cinco minutos el silencio reina de nuevo.

—¡Que la tierra le sea leve! —dice el soldado del brazo herido—. Era un hombre inquietante.

—¿Quién? —pregunta Gusev, que no comprende nada—. ¿De quién hablas?

—¡Toma, de Pavel Ivanich! Acaba de morir. Se lo llevan arriba.

—¡Todo se acabó, entonces! —balbucea Gusev—. ¡Que Dios lo perdone!

—¿Qué te parece? —pregunta el soldado del brazo herido—. ¿Lo admitirán en el paraíso?

—¿A quién?

—A Pavel Ivanich.

—Creo que sí; ha sufrido mucho. Además, era del clero... Su padre era sacerdote y rogará a Dios por su hijo.

El soldado se sienta en la cama de Gusev y dice en voz baja:

—Tú tampoco, Gusev, has de vivir mucho. No volverás a ver tu tierra.

—¿Lo ha dicho el doctor, el enfermero?

—No, pero se ve. Se conoce muy bien cuando un hombre está para morirse. Tú no comes, enflaqueces por momentos..., das miedo. En fin, es la tisis. No lo digo para asustarte, sino por tu propio bien. ¿Querrás quizá recibir los sacramentos? Además, si tienes dinero, habrás de confiárselo al primer oficial del barco...

—No he escrito a casa —suspira Gusev—. Me moriré, y ni siquiera lo sabrán.

—¿No han de saberlo? Cuando te mueras avisarán a Odesa, a las autoridades militares, que a su vez escribirán a tu aldea.

Gusev está turbado por este diálogo. Deseos vagos lo atormentan. Bebe agua, mira por la ventanilla circular, pero nada de eso le calma. Ni aun los recuerdos de su aldea logran ya tranquilizarlo. Le parece que si sigue un minuto más en la cámara se ahogará.

—Sufro mucho, hermanos míos —dice—. No puedo estar aquí más tiempo... Quiero subir arriba... ¿Queréis ayudarme?

—Bueno —le contesta el soldado del brazo herido—. Voy a llevarte, puesto que no podrás andar solo. Cógete a mi cuello...

Gusev obedece. El soldado lo sostiene con su mano sana, y sube con su carga viviente la escalerilla.

Arriba el puente está lleno de soldados y marineros acostados. Son tan numerosos que es difícil abrirse paso.

—¡Ponte en el suelo! —dice en voz baja el soldado—. Yo te sostendré.

No se ve bien. No hay luz alguna sobre el puente, ni sobre los mástiles, ni en la superficie del mar. Un centinela, de pie en el extremo del barco, está tan inmóvil que se le creería dormido. Diríase que el barco se halla abandonado a su propia voluntad y que nadie le marca el rumbo.

—Ahora tirarán al mar a Pavel Ivanich —murmura el soldado—. Lo meterán en un saco y lo lanzarán a las olas.

—Sí —responde Gusev con suavidad—. Es el reglamento.

—Es mejor morir en tierra... La madre, de vez en cuando, viene a llorar sobre la tumba, mientras que aquí...

—Sí. Yo también preferiría morir en mi casa, en la aldea...

Huele a forraje y a estiércol; en una especie de corraliza hay hasta ocho bueyes. Un poco más lejos hay un caballito. Gusev tiende la mano para acariciarlo, y el caballo sacude furiosamente la cabeza y le enseña los dientes, con la manifiesta intención de clavárselos en el brazo.

—¡Mala bestia! —protesta Gusev.

El soldado y él se detienen junto a la balaustrada y miran en silencio, ora al mar, ora al cielo. Bajo la bóveda celeste, toda en calma y muda, reinan la inquietud y las tinieblas. Las olas se entrechocan ruidosas. Cada una trata de elevarse más arriba que las demás, y se atropellan, se empujan, furiosas y deformes, coronadas de blanca espuma.

El mar es despiadado. Si el barco no fuera tan grande y tan sólido, las olas lo destrozarían sin misericordia, tragándose cruelmente a cuantos van en él, sin distinguir a los buenos de los malos. El barco mismo parece no menos cruel, no menos insensible. Semejante a una enorme bestia, corta con la quilla millones de olas; no teme ni a la noche, ni al viento, ni al espacio infinito, ni a la soledad; si la superficie del mar se hallase poblada de hombres, los partiría de igual modo, sin distinguir tampoco a los buenos de los malos.

—¿Dónde estamos ahora? —pregunta Gusev.

—No sé. Me parece que en el océano.

—No se ve tierra.

—¡Ya lo creo! ¡Antes de ocho días no se verá!

Ambos siguen mirando la espuma blanca y fosforescente. Durante unos instantes miran en silencio. Cada uno está sumido en sus pensamientos. Gusev es el primero que habla.

—Yo no le tengo miedo al mar —dice—. Naturalmente, por la noche no se ve bien; pues, así y todo, si ahora me dijesen que me fuera en un bote a pescar con red a cien kilómetros de aquí, me iría. O si, por ejemplo, hubiera que salvar a alguno que se hubiera caído al agua, yo me tiraría sin vacilar. Siempre y cuando se tratara de un buen cristiano, claro está; por un alemán o por un chino, yo no arriesgaría la vida.

—¿Le tienes miedo a la muerte?

—Sí. Sobre todo cuando pienso en mi casa. Sin mí todo se lo llevará el diablo. Mi hermano es una calamidad, un borracho que pega a su mujer y no tiene respeto a sus padres. Sí, sin mí todo irá mal. Mi familia se verá tal vez obligada a pedir limosna para no perecer de hambre.

Calla un instante y dice:

—Vamos abajo; no puedo ya tenerme en pie. Además, el aire es muy pesado... Es hora de acostarse.

V

Gusev baja a la cámara-hospital y se acuesta. Como antes, vagos deseos que no puede explicar le inquietan. Siente un gran peso sobre el pecho; le duele la cabeza; su boca está seca de tal modo que le cuesta trabajo mover la lengua. Se queda abstraído y no tarda, agotado por el calor y la densa atmósfera, en dormirse. Los sueños más fantásticos vuelven a empezar.

Duerme así dos días seguidos. Hacia la mitad del tercero dos marineros bajan y cargan con él.

Lo meten en un saco, en el que introducen también, para aumentar el peso, dos grandes pedazos de hierro. Metido en el saco se asemeja un poco, ancho por la parte de la cabeza y estrecho por la de las piernas, a una zanahoria.

Antes de ponerse el sol lo colocan así en el puente, tendido sobre una plancha apoyada por un extremo en la balaustrada y por el otro en un alto cajón de madera. En torno se reúnen los soldados y los marineros, todos descubiertos.

—Bendito sea Dios Todopoderoso por los siglos de los siglos —pronuncia con tono solemne el sacerdote.

—¡Amén! —responden algunos marineros.

Todos se persignan y miran a las olas. Es un espectáculo extraño el de un hombre metido en un saco y a punto de ser lanzado al mar. ¡Y sin embargo todos están expuestos a esa suerte!

El sacerdote echa un poco de tierra sobre Gusev y hace una reverencia. Después se cantan las preces.

Uno de los marineros levanta un extremo de la plancha. Gusev se desliza cabeza abajo, da una vuelta en el aire y cae al agua. Al principio se cubre de espuma y parece envuelto en encajes; luego desaparece.

Desciende hacia el fondo del mar. ¿Llegará? Según los marineros, la profundidad del mar en estos parajes es de cuatro kilómetros.

A los veinte metros comienza a descender con más lentitud. Su cuerpo vacila, como si no se decidiese a continuar el viaje. Al fin, arrastrado por la corriente, se encamina más bien hacia adelante que hacia lo hondo.

No tarda en tropezar con todo un rebaño de pececillos que se llaman pilotos. Cuando perciben el gran saco, se detienen de golpe, asombrados, y, como obedeciendo una orden, se vuelven todos a la vez y se alejan. Pero por poco tiempo; al cabo de algunos instantes reaparecen, caen, veloces como flechas, sobre Gusev y se agitan en torno suyo.

Minutos después se aproxima una enorme masa oscura. Es un tiburón. Lentamente, con flema, como si no se hubiera enterado de la presencia de Gusev, se coloca debajo del saco, de manera que Gusev queda sobre su lomo. Da varias vueltas en el agua con un placer visible, y sin apresurarse abre la enorme boca, armada de dos filas de dientes. Los peces piloto están encantados. Se mantienen un poco a distancia y contemplan con mirada atenta el espectáculo.

Habiéndose divertido un rato con el cuerpo de Gusev, el tiburón clava los dientes con suavidad en la tela del saco, que se desgarra en seguida de arriba abajo. Un pedazo de hierro cae sobre el lomo del tiburón, asusta a los peces piloto y desciende rápido.

Mientras ocurre todo esto, en lo alto, en el cielo, allá donde se esconde el sol, se acumulan las nubes. Una de ellas parece un arco de triunfo; otra, un león; otra, unas tijeras. Detrás de las nubes parte, y llegando a la mitad del cielo, un amplio rayo verde; no muy lejos, junto a él, surge un rayo violeta, y después uno de oro, uno rosa. El cielo se torna de un color lila muy pálido. Ante este cielo espléndido, el océano se oscurece al principio, pero no tarda en teñirse a su vez de colores suaves, alegres, vivos y tan bellos que no hay nombres para designarlos en nuestra pobre lengua humana.

De madrugada

Nadia Zelenina volvió con su mamá del teatro, donde se había representado *Eugenio Oneguin*, de Pushkin.

Cuando se halló sola en su cuarto, se desnudó deprisa, deshizo sus trenzas, y con la larga cabellera rubia cubriéndole la espalda se sentó, en saya y peinador, ante la mesa. Quería escribir una carta parecida a la que Tatiana, la heroína de la obra que acababa de ver, escribe a Eugenio Oneguin.

«Le amo a usted —escribió—, pero usted no me ama.» Quería poner cara triste, compungida, pero sus esfuerzos fueron vanos, y se echó a reír.

Tenía no más de dieciséis años y no amaba a nadie. Sabía que era amada por el oficial Gorny y por el estudiante Grusdiev, pero entonces, al volver del teatro, quería dudar de su amor. ¡Es tan interesante ser desgraciada! Hay algo de poético en el amor no compartido. Si dos se aman y son felices, no ofrecen interés alguno: ¡eso es tan corriente y tan vulgar!

«No me hará usted creer nunca que me ama —escribía, el pensamiento puesto en Gorny—. No puedo creerle a usted... ¡Es usted tan inteligente, instruido y serio!... Tiene usted mucho talento, y sin duda le está reservado un envidiable porvenir; mientras que yo soy una joven poco instruida, sin talento ninguno y nada interesante. Solo puedo ser un obstáculo en su camino, y no quiero serlo. Ya sé que le gusto, y que hasta se cree un poco enamorado de mí, en quien piensa haber hallado su media naranja, pero al cabo se da usted cuenta de su error y se dice, quizá amargamente: "Dios mío, ¿por qué habré encontrado en mi camino a esta muchacha?". Estoy segura de que lo piensa usted, aunque es demasiado bueno para decírmelo con franqueza...» Al escribir las últimas líneas, Nadia tuvo lástima de sus propias desgracias, lloró un poquito y continuó, haciendo pucheros: «No puedo abandonar a mamá ni a mi hermano. A no ser por eso, me retiraría a un convento y procuraría ocultar mi dolor bajo un hábito negro. De ese modo quedaría usted libre y encontraría de seguro su felicidad al lado de otra. Hay momentos en que la tristeza me abruma hasta tal punto que quisiera morirme».

Nadia lloraba tan copiosamente que no podía ya distinguir las líneas. Ante sus ojos se agitaban todos los colores del arco iris, y lo veía todo como a través de un prisma. Se reclinó en su sillón y se absorbió en sus pensamientos.

¡Dios mío, cuán interesantes son los hombres! Pensó en la bella y dulce expresión del rostro de Gorny cuando hablaba de música, arte que él adoraba. Hacía visibles esfuerzos para hablar con calma, pero la pasión se imponía y vibraba en su voz. En sociedad, donde la indiferencia y la fría reserva son reputadas de buen tono, hay que ocultar el entusiasmo. El oficial Gorny lo ocultaba; sin embargo, a su pesar, no siempre del todo, y nadie ignoraba su pasión por la música. Tocaba admirablemente el piano, y de no ser militar, sería, seguro, un virtuoso célebre.

Recordaba que Gorny le había hecho una declaración de amor durante un concierto sinfónico.

Las lágrimas de Nadia se secaron, y siguió escribiendo: «Me alegro mucho de que haya conocido usted al estudiante Grusdiev. Es un hombre muy inteligente, y estoy segura de que le querrá usted. Ayer estuvo con nosotros hasta las dos de la mañana e hizo nuestras delicias. Es una lástima que usted no estuviese. Grusdiev dijo muchas cosas ingeniosas».

Nadia colocó las manos en la mesa y apoyó la cabeza en ellas. Su cabellera, suelta, se desparramó sobre la carta. Recordó que Grusdiev la amaba también, y pensó que tenía el mismo derecho a su carta que el oficial Gorny. ¿No sería, en efecto, mejor escribirle al estudiante?

De pronto una inmensa y serena alegría llenó todo su ser, y le pareció que flotaba en la suavidad de unas ondas acariciadoras. Una risa gozosa sacudió sus hombros, y experimentó la sensación de que todo reía también en torno suyo, incluso la mesa y la lámpara. Para justificar ante sí misma su regocijo inexplicable procuró pensar en algo cómico. Y recordó a Grusdiev jugando el día anterior con su perro, cuyos graciosos saltos hacían reír a todos.

«¡No, amaré más bien a Grusdiev!», decidió. Y rompió la carta escrita al oficial.

Se esforzó en no apartar su imaginación de Grusdiev, de su amor; pero, a pesar de todo, su imaginación era propensa a otras cosas distintas, como su mamá, sus paseos, sus clases de música, sus trajes nuevos, y se complacía evocándolas. Todo le era propicio a Nadia, feliz hasta donde una niña de dieciséis años cabe que lo sea. Presentía que en el futuro su vida sería aún más interesante. La primavera se acercaba; después llegaría el verano y se iría toda la familia a la casa de campo. Gorny y Grusdiev también irían y le harían la corte. Le contarían mil cosas divertidas y jugarían con ella al tenis. Se pasearían a la luz de la luna en su vasto jardín, bajo el cielo estrellado. De nuevo una risa gozosa la sacudió toda, y no sabiendo ya qué hacer con su enorme, con su desbordante alegría, se sentó en la cama, alzó los ojos hacia el viejo icono y murmuró:

—¡Dios mío, qué hermosa es la vida!

La sala número seis

I

Hay dentro del recinto del hospital un pabelloncito rodeado por un verdadero bosque de arbustos y hierbas salvajes. El techo está cubierto de orín; la chimenea, medio arruinada, y las gradas de la escalera, podridas. Un paredón gris, coronado por una carda de clavos con las puntas hacia arriba, divide el pabellón del campo. En suma, el conjunto produce una triste impresión.

El interior resulta todavía más desagradable. El vestíbulo está obstruido por montones de objetos y utensilios del hospital: colchones, vestidos viejos, camisas desgarradas, botas y pantuflos en completo desorden, que exhalan un olor pesado y sofocante.

El guardián está casi siempre en el vestíbulo; es un veterano retirado; se llama Nikita. Tiene una cara de ebrio y cejas espesas que le dan un aire severo, y encendidas narices. No es hombre corpulento, antes algo pequeño y desmedrado, pero tiene sólidos puños. Pertenece a esa categoría de gentes sencillas, positivas, que obedecen sin reflexionar, enamoradas del orden y convencidas de que este solo puede mantenerse a fuerza de puños. En nombre del orden distribuye bofetadas a más y mejor entre los enfermos y les descarga puñetazos en el pecho y por dondequiera.

Del vestíbulo se accede a una sala espaciosa y vasta. Las paredes están pintadas de azul, el techo ahumado, y las ventanas tienen rejas de hierro. El olor es tan desagradable que en un primer momento cree uno encontrarse en una casa de fieras: huele a col, a chinches, a cera quemada y a yodoformo.

En esta sala hay unas camas clavadas al suelo; en las camas —estos, sentados; aquellos, tendidos— hay unos hombres con batas azules y bonetes en la cabeza: son los locos.

Hay cinco: uno es noble y los otros pertenecen a la burguesía humilde.

El que está junto a la puerta es alto, flaco, de bigotes rojizos y ojos sanguinolentos como los ojos irritados de un hombre que llorara constantemente. La frente en la mano, ahí está, sentado en la cama sin apartar los ojos de un punto. Día y noche entregado a la melancolía, mueve la cabeza, suspira, sonríe a veces con amargura. Casi nunca interviene en las conversaciones, ni contesta cuando le preguntan algo.

Come y bebe de un modo completamente automático todo lo que le sirven. Su tos lastimosa y agotadora, su extremada flacura, sus pómulos enrojecidos, todo hace creer que está tísico.

Su vecino inmediato es un hombrecillo vivaz e inquieto que luce una barbita puntiaguda; su cabello es negro y rizado como el cabello espeso de un negro.

Durante el día se pasea por el cuarto de una ventana a otra, o bien se queda sentado en la cama, a la turca, cantando incesantemente a media voz y riendo con un aire amable y satisfecho. Su alegría infantil, su vivacidad, tampoco de noche lo abandonan cuando se incorpora para implorar a Dios dándose repetidos golpes de pecho. Este hombre es Moisés, el judío, que se volvió loco hace veinte años a causa del incendio que destruyó su sombrerería.

Es, de todos los huéspedes de la «sala número 6» —que así la designan—, el único que tiene permiso de salir del pabellón e incluso a la calle. Se le concede este privilegio a título de antigüedad en la casa y también por su carácter inofensivo; a nadie da miedo y suele encontrársele por la ciudad rodeado de chicos y perros. Con su bata azul y su bonete ridículo, en pantuflos y hasta descalzo, y a veces también sin pantalones, pasea por las calles, se detiene a la puerta de alguna casa o tienda y pide un copec de limosna. La buena gente le da pan, cidra, copecs, y así, siempre vuelve con la barriga llena, rico y contento. Todo lo que trae lo confisca a la entrada el veterano Nikita, que procede al acto de una manera brutal: hurga los bolsillos del loco, y gruñe y jura que no dejará salir más a Moisés y que no puede tolerar tamaño desorden. Moisés es muy servicial: lleva agua a sus vecinos, los cubre cuando duermen, les ofrece traerles copecs de la ciudad y hacerles sombreros nuevos.

A la derecha de Moisés se encuentra la cama de Iván Dimitrievich Gromov. Es un sujeto de treinta y cinco años, de noble origen, exsecretario del tribunal, que padece de manía persecutoria. Pocas veces se le ve sentado; a veces está acostado, con las rodillas pegadas a la barba, y otras veces mide a grandes pasos la sala. Siempre parece agitado, inquieto, como si esperara ansiosamente quién sabe qué. Se estremece al menor ruido del vestíbulo o del patio exterior; levanta la cabeza con angustia y escucha atentamente: cree que son sus enemigos que lo andan buscando, y sus facciones se contraen en una mueca de terror.

Hay cierta vaga belleza en esa cara ancha, de pómulos salientes, pálida y contraída, espejo donde se refleja un alma martirizada por el miedo constante y la lucha interna. Sus gestos son extraños y repelentes, pero sus facciones finas, llenas de inteligencia, y sus miradas conservan elocuencia y calor. Es cortés y amable para con todos, a excepción de Nikita. Si a alguien se le cae una cuchara, un botón, ya está él saltando de su lecho para recogerlo. Por la mañana, al levantarse, saluda a todos y les desea los buenos días; por la noche da las buenas noches.

A veces, durante la noche, comienza a estremecerse, rechina los dientes y se pone a andar presurosamente entre las camas. Entonces se diría que la fiebre se apodera de él. A veces se detiene frente a cualquiera de sus camaradas, se lo queda mirando muy fijamente y parece querer decirle algo muy grave; pero, como si de antemano supiera que no le harán caso, sacude nerviosamente la cabeza y continúa sus paseos a lo largo de la estancia. Pronto el deseo de comunicarse domina en él todas las consideraciones, y entonces, sin poder contenerse, se suelta hablando con abundancia y pasión. Habla de un modo desordenado, febril, como se habla en sueños; casi siempre es incomprensible, pero en su palabra, en su voz, se descubre un temperamento lleno de bondad. Solo de oírle queda uno convencido de que aquel loco es un hombre honrado, un alma superior: habla de la cobardía de los hombres, de la violencia que sofoca a la verdad, de la vida ideal y hermosa que un día habrá de reinar sobre la tierra, de las rejas de las ventanas que se oponen a la libertad humana y parecen recordar la barbarie y la crueldad de las cárceles.

II

Hará unos doce o quince años, en aquella misma ciudad, en la calle principal, vivía un funcionario público llamado Gromov, hombre de posición muy holgada y casi rico. Tenía dos hijos: Sergio e Iván. El primero murió de tisis cuando estaba cursando sus estudios universitarios. Y desde entonces la familia Gromov tuvo que sufrir una serie de terribles pruebas.

Una semana después de los funerales de Sergio, el padre fue arrestado por fraude y malversación de fondos públicos; poco después moría de tifus en el hospital de la prisión. La casa y cuanto contenía se vendió en subasta pública. La viuda Gromov y su hijo Iván se quedaron sin recursos.

Antes de la muerte de su padre, Iván Dimitrievich estaba también estudiando en la Universidad. Su padre le enviaba mensualmente unos sesenta o setenta rublos, que bastaban ampliamente para cubrir sus necesidades. Ahora, por primera vez, se encontraba frente a frente con la miseria, y se vio obligado a buscarse un medio cualquiera para ganarse el pan. Desde la mañana hasta muy entrada la noche corría de aquí para allá dando lecciones, copiando documentos, aceptando cuanto trabajo se le ofrecía. Con todo, estaba casi en la miseria: todo lo que ganaba se lo enviaba a su madre.

Pronto esta vida de sufrimientos quebrantó las fuerzas del joven Iván Dimitrievich: se debilitó, enflaqueció y, abandonados los estudios universitarios, volvió a su ciudad natal, al lado de su madre. Allí logró que le nombraran instructor en una escuela primaria, pero no pudo entenderse con sus colegas ni con los alumnos, y tuvo que dimitir al poco tiempo.

Poco después tuvo que enterrar a su madre. Durante seis meses no pudo encontrar ningún trabajo, y estuvo a pan y agua hasta que alcanzó la plaza de secretario del tribunal local, que conservó hasta el instante en que se declaró su locura.

Nunca, ni en la adolescencia, había gozado de buena salud. Siempre flaco y pálido, cogía fácilmente un catarro; era desganado, no dormía bien. Con solo un vasito de vino, ya tenía náuseas y vértigos. Aunque muy aficionado a la compañía de los demás, era tan irascible y desconfiado que no podía conservar sus relaciones, y no tenía verdaderos amigos. Hablaba con desdén de la gente de la ciudad, a quien detestaba por su ignorancia y vida insubstancial, exenta de estímulos superiores. Y lo hacía en voz muy alta, casi a gritos, con ardor y vehemencia, aunque siempre con sinceridad. El tema favorito de sus conversaciones era la vida que le rodeaba, la falta absoluta de preocupaciones ideales, la violencia de los fuertes y el servilismo de los débiles, la hipocresía y la perversidad que notaba en los habitantes de la ciudad. Acusador implacable, declaraba que solo los cobardes logran lo que necesitan y que la gente digna se muere de hambre; que no había buenas escuelas, ni prensa honrada, ni teatro, ni conferencias públicas, y, finalmente, predicaba la unión y la colaboración estrecha de todas las fuerzas vivas del pueblo. En sus peroratas ponía siempre mucho fuego y pasión. Para pintar a los hombres y a las cosas solo empleaba dos colores: el blanco y el negro; la humanidad, a su parecer, estaba partida en dos bandos: la gente honrada y los pícaros. Los términos medios, los matices, no existían para él. Y aunque se expresaba con admiración y entusiasmo sobre el amor y las mujeres, no estaba enamorado. A pesar de la violencia de su lenguaje y de sus acusaciones implacables, en la ciudad era bastante querido; para hablar de él empleaban el diminutivo cariñoso *Vania*. Su natural bondad, su solicitud, su pureza moral, así como su traje usado, sus desgracias familiares y su condición enfermiza granjeaban al pobre joven el afecto y la compasión de los vecinos. Además, era muy ilustrado, muy leído, y con reputación de diccionario enciclopédico andante.

Su afición favorita era la lectura. Ya en su casa, ya

en el club, se pasaba largas horas hojeando libros y revistas. Solo en la expresión de su cara se adivinaba al lector ávido, que lee como el borracho bebe o como devora el hambriento, tragando todo sin masticar. Se arrojaba con ansia sobre todo lo impreso, incluso sobre los periódicos del año pasado y los calendarios antiguos. La lectura había llegado a ser para él un hábito enfermizo, casi una anomalía.

En su casa, por la noche, solía leer en la cama hasta el amanecer.

III

Una mañana de otoño, con el cuello del gabán levantado, se dirigía por las calles fangosas a casa de algún vecino a quien tenía que prestarle algún servicio. Iba de mal humor, como, por lo demás, solía estar siempre por la mañana. En cierta callejuela se cruzó con dos presos cargados de cadenas y conducidos por cuatro soldados.

A menudo se encontraba Iván con prisioneros, y siempre sentía una profunda compasión hacia ellos, pero esta vez la impresión fue mucho más intensa y dolorosa. Y se dijo que él mismo podría un día ser conducido así, entre grilletes, hasta la cárcel, entre el fango de las calles.

Cuando hubo despachado lo que tenía que hacer, de vuelta a su casa, tropezó, junto a la oficina de Correos, con un oficial de policía conocido suyo. Este lo saludó y lo acompañó un rato. El caso preocupó mucho a Iván Dimitrievich. Todo el día

estuvo pensando en presos y en soldados carcele-
ros. Poco a poco, una vaga angustia se fue apode-
rando de su ánimo, y ni siquiera podía entregarse a
la lectura.

Por la noche no encendió la lámpara. No pudo
conciliar el sueño en toda la noche y estuvo pensando en que a él también lo podrían arrestar, encade-
nar, encarcelar. De sobra sabía él que no había co-
metido crimen alguno, y estaba seguro de que no lo
cometería en su vida, pero ¿acaso estaba a salvo de
incurrir en alguna ilegalidad, aun sin querer, por un
azar desgraciado? Finalmente, podía ser víctima de
una calumnia o un error judicial cualquiera. En el
estado actual de las leyes, los errores judiciales son
siempre probables. Jueces, policías, médicos, juris-
tas, todos, en virtud del hábito profesional, se van
volviendo imposibles, y a menudo se inclinan a ver
crímenes donde no los hay. Así, inconscientemente,
se vuelven crueles, como el carnicero habituado a
matar reses, que ni se acuerda de los sufrimientos
que puede ocasionarles. En tales condiciones, condenar a un inocente, hacerlo arrestar, enviarlo a pre-
sidio, resulta sumamente fácil, y todo es cuestión de
contar con el tiempo indispensable para llenar las
formalidades del caso. Cumplidas las formalidades,
se acabó todo, y sobre todo aquí, en esta miserable
ciudad, perdida en el campo, a más de doscientas
verstas del ferrocarril. Aquí no hay medio de probar
que se es inocente; no hay esperanzas de que la verdad triunfe y se imponga. Además, en esta sociedad
perversa y corrompida, que considera la violencia
como una necesidad absoluta y que se indigna y su-

bleva cuando los jueces pronuncian un veredicto absolutorio, ¿quién piensa en la justicia?

A la mañana siguiente Gromov se levantó horrorizado, sudando frío, absolutamente convencido de que a cada paso lo podrían arrestar. El hecho de que estos pensamientos no lo abandonasen —se decía— probaba que había en ellos un presentimiento de la verdad. No se le habrían ocurrido sin alguna causa.

En este preciso momento pasó frente a su ventana, lentamente, un agente de policía. Gromov se estremeció. ¿Qué significaba esto? Poco después dos hombres se detuvieron frente a su casa, silenciosos. ¿Por qué callarían así?

A partir de ese día, Gromov vivió en una angustia mortal. Todo el que pasaba por la calle o entraba al patio de su casa le parecía un espía o un agente de la secreta. A mediodía pasaba, invariablemente, el jefe de policía, en coche, camino de su despacho, pero ahora a Gromov le parecía notar en aquel hombre cierta inquietud y una expresión singular en su rostro. Probablemente, el jefe de policía no tardará en comunicar que ha descubierto en el pueblo a un criminal importante.

Cada vez que la campanilla sonaba, Gromov temblaba; toda cara nueva que veía en casa le inspiraba desconfianza y temor. Cuando por la calle se encontraba con guardias o gendarmes, fingía sonreír, se ponía a silbar, como para dar a entender que no tenía razón de temerlos. Por la noche padecía insomnios, esperando que vinieran a arrestarlo de un momento a otro, pero, por temor de que el ama de la casa se diera cuenta, hacía como que roncaba y lanzaba profundos suspiros, simulando un sueño profundo. ¡No fueran a figurarse que tenía remordimientos de conciencia que le quitaban el sueño y sospecharan de él!

Trataba de tranquilizarse, de convencerse de que sus temores eran infundados, que aquello era absurdo, que aun cuando lo arrestaran la cosa no sería tan terrible mientras realmente estuviera limpia su conciencia. Sin embargo, razonar consigo mismo solo le servía para angustiarse más y más. Finalmente, viendo que sus reflexiones eran inútiles, se resignó y ya no se opuso más a sus pensamientos funestos.

Comenzó a evitar a los demás y a buscar la soledad. La servidumbre, que de tiempo atrás le disgustaba, ahora se le había hecho totalmente insoportable. Siempre estaba temiendo que sus compañeros de trabajo le jugaran una mala pasada: meterle dinero en el bolsillo para después acusarlo de cohecho; además, él mismo podía equivocarse al hacer una copia y producir fatales consecuencias.

Nunca había trabajado tanto su pobre imaginación. Inventaba mil dificultades y obstáculos contra su libertad e incluso contra su vida. Y, por otra parte, ya había perdido todo interés por las cosas del mundo interior, incluso la lectura y los libros. Su memoria comenzó a traicionarlo: se le olvidaban las cosas más sencillas.

A principios de la primavera, pasado el deshielo, se encontraron en una barranca, junto al cementerio, dos cadáveres en vías de descomposición: una vieja y un niño. Al parecer, se trataba de un asesinato. En el pueblo no se hablaba más que del crimen misterioso y de los asesinos ocultos.

A fin de que no sospecharan de él, Gromov paseaba por las calles, sonreía, y procuraba tener aire de hombre de conciencia tranquila. Pero en cuanto daba con algún conocido, palidecía, se sonrojaba a continuación y empezaba a decir que no hay crimen más abominable que asesinar a los débiles.

Pronto se sintió fatigado de estos esfuerzos, y entonces se le ocurrió que lo mejor sería esconderse en los sótanos de la casa. En efecto, se pasó un día entero en el sótano, después la noche entera, y además todo el día siguiente, y por la noche, temblando de frío, se escurrió como un solapado ladrón hasta su cuarto, y allí permaneció inmóvil, atento a los rumores más insignificantes. Por la mañana, muy temprano, entraron obreros en la casa. Gromov no ignoraba que venían a arreglar el horno de la cocina, pero el terror le hacía ver en ellos a los temidos agentes disfrazados.

Lentamente, de puntillas, se salió de la casa, y, presa del pánico, sin sombrero, en mangas de camisa, se echó a correr por la calle. Los perros lo seguían ladrando; los transeúntes, asombrados, le gritaban; el viento silbaba en sus oídos. Y él seguía corriendo, corriendo, enloquecido, espantado. Le parecía que toda la violencia del mundo venía tras él dándole caza furiosamente.

No sin trabajo lograron apoderarse de él y devolverlo por fuerza a casa. El médico, llamado al efecto, le prescribió un calmante, movió tristemente la cabeza y se marchó, tras haber declarado al ama que no volvería, porque no hay remedio para evitar que los hombres se vuelvan locos.

Como Gromov no tenía suficientes recursos para ser atendido a domicilio, lo llevaron al hospital municipal y lo instalaron en la sala de los enfermos venéreos. Pero no dormía por la noche, y era tan excitable y caprichoso que molestaba mucho a los enfermos. El doctor Andrés Efímich ordenó entonces que lo trasladaran a la sala número 6.

Un año después ya nadie se acuerda de Iván Dimitrievich; sus libros, arrumbados en el desván por el ama, son ahora juguetes de los muchachos.

IV

El vecino de la derecha de Gromov es un mujik de cara redonda, mirada estúpida e insensata. Bestia de extremada voracidad y de no menor suciedad, había perdido hacía mucho tiempo el don de pensar y de sentir. De su cuerpo exhala un olor repugnante. Nikita le pega con redoblada crueldad, lo abofetea de lo lindo, y lo peor es que la víctima no reacciona ni hace un solo gesto, ni expresa cólera o indignación: se limita a mover la cabeza tras cada golpe recibido, como un tonel que recibe un puntapié.

El quinto y último habitante de la sala número 6 es un pobre hombre flaco, rubio, de mansa expresión, que había sido, en salud, empleado de Correos. A juzgar por sus ojos tranquilos e inteligentes, que tienen siempre un fulgor malicioso, posee un secreto que esconde cuidadosamente a las indiscreciones del mundo. Bajo su almohada, bajo su colchón, guarda algo que no quiere mostrar a nadie, no por miedo de que se lo roben, sino más bien por pudor. A veces se acerca a la ventana y, de espaldas a sus camaradas, oprime algo sobre su pecho, y después lo contempla un rato, cabizbajo. Si se le acerca alguien, se muestra confuso y oculta el objeto al instante. Con todo, no es difícil adivinar de qué se trata.

—Ya puede usted felicitarme —suele decirle a Gromov—. Me han dado la cruz de Estanislao de segundo grado, con estrella. Esta condecoración solo se concede a los extranjeros, pero para mí se ha hecho una excepción. Si he de decirle a usted la verdad, es un favor que no me esperaba.

Sonríe lleno de satisfacción, y espera que Gromov le dé la enhorabuena. Pero este contesta tristemente:

—Yo no entiendo de eso.

—¿Sabe usted —continúa el antiguo empleado de Correos—, sabe usted cuáles son mis aspiraciones? —Y, guiñando maliciosamente los ojos, añade—: ¡Aspiro a la orden de la Estrella Polar! La cosa vale la pena; es una orden muy rara: cruz blanca y banda negra. Hermosísima. Ya verá usted, ya verá usted cómo me salgo con la mía.

La vida en aquella casa es muy monótona. Por la mañana, todos los enfermos, con excepción del mujik, se lavan en el vestíbulo, en un tonel lleno de agua, y se enjugan la cara con los extremos de la bata. Después beben el té, que les dan en tazas de plomo. Solo hay derecho a una taza. A mediodía comen una sopa de col y un plato de cereales. Por la noche cenan los restos de la comida. Y en los intervalos, los enfermos están acostados, duermen, se ponen a ver por las ventanas o se pasean de un rincón a otro de la sala.

Así transcurren todos los días. El antiguo empleado de Correos habla siempre de las mismas condecoraciones.

Raro es ver caras nuevas en la sala número 6. El doctor no recibe ya más locos y las visitas son muy de tarde en tarde: no abundan los aficionados a las casas de locos. Dos veces al mes viene el peluquero Simeón Lazarich. Nikita le ayuda a cortar el pelo a los huéspedes de la número 6, y los pobres reciben entonces tan malos tratos que su aparición provoca un pánico indescriptible.

Aparte del peluquero, no viene nadie al manicomio; los enfermos están condenados a no ver más cara que la de Nikita todos los días. El doctor tampoco viene casi nunca.

Pero he aquí que de pronto circula por el hospital un rumor inusitado: al doctor lo ha dado por frecuentar la sala número 6.

V

En efecto, la noticia era extraña, casi extraordinaria.

El doctor Andrés Efimich Ragin no es un hombre ordinario. Cuentan que en su juventud había sido muy devoto y que se preparaba para la carrera eclesiástica. Después de alcanzar el bachillerato, en 1883, quiso entrar en el seminario para hacerse cura, pero su padre, médico también, se opuso resueltamente y le hizo saber que lo trataría como a un desconocido si se empeñaba en seguir la carrera del sacerdocio. Andrés Efimich confesaba no sentir la menor vocación por la medicina ni por ninguna otra ciencia en especial. Pero el destino había decidido que fuera médico.

Tenía un aspecto rudo y tosco de mujik o de tabernero. Su rostro era severo; los ojuelos, pequeños; la nariz, roja. Era muy fuerte y corpulento, de brazos muy sólidos. Parecía capaz de derribar a un hombre de un golpe. Y sin embargo era tímido; andaba con suavidad, casi de puntillas. Cuando en un paso estrecho se encontraba con alguien, se apartaba invariablemente y, con una voz fina, casi femenina, decía: «¡Perdón!». Tenía en el cuello un tumorcillo que le impedía usar camisas muy almidonadas; siempre llevaba camisas blandas. Se vestía con cierto descuido; casi no cambiaba de traje y cuando se ponía un traje nuevo se diría que era usado. Con el mismo traje recibía a sus enfermos, comía, visitaba a sus amistades, y no por avaricia, sino por abandono de las cosas externas.

Cuando llegó al pueblo en calidad de médico municipal, el hospital se encontraba en un estado lamentable. En las salas, corredores y patio había un olor imposible. Los criados, las Hermanas de la Caridad y los niños dormían en la misma sala de los enfermos. Verdaderos ejércitos de ratas y chinches hacían intolerable la vida. No había instrumentos quirúrgicos ni termómetros. Las patatas las guardaban en las bañeras. El personal se enriquecía robando a los tristes enfermos. El predecesor de Andrés Efimich, según los rumores, vendía a escondidas el alcohol del hospital y mantenía relaciones muy estrechas con las hermanas enfermeras, y aun con las enfermas. En el pueblo estaban al tanto de estos desórdenes, pero la opinión pública no parecía hacer caso de ello. Para la tranquilidad de su conciencia, los vecinos se decían que, a fin de cuentas, el hospital está poblado de gente pobre acostumbrada a vivir mal, y que puede aguantar cualquier condición de vida.

¡Cómo ha de ser! ¡No podemos alimentarlos con perdices!

Después de su primera visita, el nuevo doctor se dijo que aquel era un establecimiento inmoral, sumamente dañoso para la salud de los vecinos. A su modo de ver, lo mejor hubiera sido dejar a los enfermos en libertad y cerrar la casa, pero no se le escapaba que carecía de poder para obrar así. Además, sin duda los mismos vecinos desearían conservar su hospital, que por algo lo habían construido. Claro que esto no dejaba de ser un prejuicio, pero los mismos prejuicios, y otras sandeces que hace la gente, pueden algún día servir para algo, como sirve el estiércol para abonar la tierra. Todas las cosas buenas del mundo tienen en su origen algo repugnante.

Con estas disquisiciones, Andrés Efimich entró en sus nuevas funciones decidido a dejarlo todo tal como estaba. Desde el primer día manifestó la mayor indiferencia por cuanto ocurriera en el hospital. Se limitó a pedir a los criados y a las hermanas que no durmieran en la sala de los enfermos, e hizo comprar un par de armarios con instrumentos. En cuanto al personal, no vio la necesidad de renovarlo. En suma, todo siguió como antes.

El doctor aprecia en mucho la inteligencia y la honradez, pero carece de la voluntad que hace falta para obligar a los que lo rodean a vivir de un modo inteligente y honrado. No sabe mandar, ordenar, prohibir, insistir. Se diría que ha hecho voto de no alzar nunca la voz, de no emplear jamás el imperativo. Le cuesta mucho trabajo resolverse a decir: «Denme eso, tráiganme aquello». Cuando tiene apetito, se dirige tímidamente a su cocinera y le dice:

—Si fuera posible, me gustaría comer un poco.

Sabe muy bien que el administrador del hospital es un ladrón y que merecía que lo hubieran echado a la calle hace mucho tiempo, pero no se siente capaz de hacerlo, le es del todo imposible. Cuando lo engañan y le presentan para que firme, por ejemplo, una factura fraudulenta, se sonroja hasta los cabellos, como si él fuera el autor del fraude; con todo, la firma. Cuando los enfermos se quejan del hambre o de los malos tratos que reciben del personal, se pone mortificadísimo y balbucea muy confuso:

—Bueno, bueno, yo lo arreglaré... Creo que habrá sido un error.

Al principio el doctor trabajaba con mucho celo: todos los días recibía a los enfermos desde la mañana hasta la hora de comer; operaba y asistía a los partos. Así adquirió pronto en el pueblo reputación de buen médico. Las señoras decían que era muy atento y excelente para el diagnóstico, sobre todo en enfermedades de señoritas y niños.

118

Pero poco a poco empezó a cansarse de la monotonía y evidente inutilidad de todo esto. Hoy son treinta enfermos, mañana serán treinta y cinco, y pasado mañana, cuarenta; y así, de día en día, de año en año, los enfermos van aumentando, y la mortalidad está lejos de disminuir. ¿De qué sirven, pues, tantos esfuerzos? Aparte de que, cuando en el término de unas cuantas horas se recibe a cuarenta enfermos, es físicamente imposible atenderlos y cuidarlos debidamente, de modo que el médico se ve obligado a defraudar a veces las esperanzas de su clientela. Según la estadística del hospital, el año pasado el doctor recibió unos doce mil dolientes; es decir, que hubo doce mil engañados. La mayoría deberían haber ingresado en el hospital, incluso para recibir los cuidados más indispensables, pero era imposible, sin contar con que las condiciones higiénicas del hospital no se prestan en manera alguna para cuidar a un enfermo: está muy sucio, la alimentación es mala, el aire está corrompido. «Puesto que no tengo fuerzas para cambiarlo todo —se decía el doctor—, más vale no ocuparse de ello.»

Además, ¿para qué empeñarse en impedir que la gente se muera, siendo la muerte el fin natural de todo ser humano? ¿Vale verdaderamente la pena prolongarle la vida por cinco o diez años a este comerciante, a aquel empleado? Cierto es que otros piden a la medicina consuelos para el sufrimiento. Pero ¿debe uno proporcionar tales consuelos? Según los filósofos, el sufrimiento conduce a los hombres a la perfección; y, además, si los hombres llegan realmente a descubrir el medio de aplacar sus padecimientos con píldoras y especialidades farmacéuticas, descuidarán la religión y la filosofía, que eran hasta ahora no solo una fuente de consuelos, sino de felicidad. Amén de que los hombres más eminentes han sufrido muchos males. Pushkin, por ejemplo, pasó unas horas terribles antes de morir; el pobre Heine estuvo paralítico muchos años. ¿Por qué, pues, empeñarse en ahorrarle sufrimientos a un triste empleado o a una burguesa cualquiera, cuya vida, desprovista de padecimientos, sería monótona e insípida como la de un organismo primitivo?

A fuerza de razonar así, el doctor comenzó a abandonar sus deberes, y solo se preocupaba del hospital dos o tres veces por semana.

VI

La vida del doctor es muy aburrida.

Se levanta a eso de las ocho, se viste, toma el té, lee después un poco en su cuarto, y a veces visita el hospital. Allí, en el estrecho y obscuro corredor, le están esperando los enfermos. Frente a ellos pasan continuamente, golpeando el suelo con los zuecos, los guardianes y los enfermos internos. A veces también conducen por el corredor a los muertos, hacia la sala mortuoria. Se oyen gemidos de los dolientes, se oyen llantos de niños, y el viento circula libremente por el corredor, produciendo fuertes corrientes.

El doctor sabe bien que todo eso produce una impresión dolorosa sobre los enfermos, pero no hace nada para evitarlo.

En el vestíbulo sale a recibirlo el enfermero Sergio Sergeyevich, un hombrón de cara afeitada e inflada, de maneras corteses, cuidadosamente vestido y con más aspecto de senador que de enfermero. En la ciudad cuenta con numerosa clientela; usa corbata blanca y se cree más sabio en medicina que el doctor, que ya casi no tiene clientes.

En un rincón de la sala de visitas hay un enorme icono. En los muros se ven retratos de obispos, una fotografía de un convento y coronas de florecillas marchitas. Es el enfermero quien se ha preocupado de decorar así la estancia. Es hombre muy religioso, y todos los domingos hace decir una misa en el hospital.

Aunque hay muchos enfermos, el doctor tiene el tiempo limitado; se reduce, pues, a preguntar a cada uno qué le duele, y después le prescribe aceite de ricino o algo que no pueda hacerle ni bien ni mal. Sentado junto a su mesa, la cabeza apoyada en la mano, el doctor parece sumido en hondas reflexiones, y va preguntando sin saber lo que dice. El enfermero, a su lado, se frota las manos, y de vez en cuando hace algunas observaciones.

—Padecemos y enfermamos —suele decir a los pacientes— porque no sabemos rogar a Dios tanto como debiéramos.

Evita las operaciones; ha perdido la costumbre desde hace mucho, y la sola visión de la sangre lo pone nervioso. Cuando tiene que abrirle la boca a un niño enfermo y el niño se opone y llora, el doctor padece verdaderos vértigos, quisiera taparse las orejas y huir y se apresura a recomendar cualquier remedio, haciendo señas de que se lleven al chico.

Pronto el aspecto tímido y estúpido de los enfermos le fatiga; la presencia del enfermero, los retratos de los obispos, las mismas preguntas que está dirigiendo a los enfermos desde hace veinte años, todo lo cansa, y a los cinco o seis enfermos se despide dejando el resto a cargo del enfermero.

Con el dulce pensamiento de que ya en el pueblo no le quedan clientes que lo molesten, vuelve a su casa, se sienta en su despacho, y se pone a leer. Lee mucho, y siempre con mucho interés. La mitad del sueldo se lo gasta en libros. De las seis habitaciones de que dispone, tres están repletas de libros y de viejas revistas. Tiene preferencia por las obras de historia y filosofía; en materia de medicina solo recibe una revista, *El Médico*, que lee siempre comenzando por el final.

Y así se pasa las horas muertas leyendo sin moverse de un sitio y sin dar señales de fatiga. Lee muy lentamente, sin tragarse las páginas, como antaño su enfermo Gromov, y deteniéndose en lo que no encuentra claro o le resulta agradable. Junto al libro hay siempre una garrafa de vodka y una manzana o un pepino con sal, puestos directamente sobre el tapete de la mesa, sin plato. De tiempo en tiempo se sirve un vasito de vodka y, sin quitar los ojos de la lectura, busca a ciegas el pepino y le da un mordisco.

Hacia las tres se acerca con mucha suavidad a la puerta de la cocina, tose y dice a la cocinera:

—Daría, siento ya un gusanillo... Si fuera posible, quisiera comer.

Después de comer una comida muy mediocre y muy mal servida, pasea mucho tiempo, con los brazos cruzados sobre el pecho, por todas las habitaciones, y medita. El reloj da las cuatro, el reloj da las cinco, y él continúa rumiando sus meditaciones. De vez en cuando la puerta de la cocina se abre con un rechinido, y se ve pasar a la cocinera con su cabeza rojiza y soñolienta.

—Andrés Efimich, creo que ya es hora de la cerveza —dice con cierta inquietud.

—No, todavía no —responde este —. Voy a esperar otra media horita.

Por la noche viene a verlo casi siempre el director de Correos, Mijail Averianich, único habitante de la ciudad cuya compañía resulta soportable al doctor.

Mijail Averianich había sido en otro tiempo rico propietario y oficial de caballería; arruinado, tuvo que entrar como empleado en la oficina de Correos. Es apuesto, usa unas hermosas patillas blancas, tiene modales muy distinguidos y voz sonora y agradable. Posee una envidiable salud, es hombre de corazón muy sensible, aunque algo nervioso e iracundo. Cuando en la oficina de Correos alguna persona del público protesta o simplemente exige algo, Mijail Averianich se pone rojo de ira, todo el cuerpo le tiembla y grita a voz en cuello:

—¡Ya se está usted callando! ¡Aquí no manda nadie más que yo!

Gracias a esto la oficina de Correos ha adquirido desde hace tiempo una sólida reputación de lugar desagradable y expuesto a escándalos.

Mijail Averianich estima y quiere bien al doctor, a quien considera como hombre instruido y de noble corazón, pero a los demás vecinos los trata con desprecio y los considera como súbditos suyos.

—Aquí estoy —dice al llegar a casa del doctor—. ¿Qué tal, querido amigo? Ya estará usted de mis visitas hasta el gorro, ¿verdad?

—Al contrario, hombre, me dan muchísimo gusto —le responde el doctor—. Siempre es bienvenido a esta casa.

Y los dos amigos se sientan sobre el canapé del despacho. Un buen rato se lo pasan fumando sin decir nada. Después el doctor llama a la cocinera:

—Daría, ¿quiere usted hacer el favor de darnos cerveza?

Daría trae la cerveza.

La primera botella se agota en silencio; el doctor, siempre entregado a sus reflexiones, y Mijail Averianich, con aire alegre y animado, como hombre que tiene muy buenas cosas que contar.

El doctor comienza siempre la conversación.

—Lástima —dice hablando con parsimonia y tristeza, sin mirar a los ojos de su interlocutor— que no haya en este lugar gente aficionada a la buena conversación y capaz de sostener una charla interesante. Para nosotros resulta una dura privación. Ya ve usted: aquí ni los intelectuales sobresalen del bajo nivel de las capas inferiores del pueblo.

—Tiene usted razón de sobras. Lo mismo digo.

—Ya sabe usted bien —continúa el doctor— que en este mundo todo es insignificante y carece de interés, si se exceptúan las manifestaciones superiores del entendimiento. Solo el entendimiento traza una línea divisoria entre el hombre y la bestia e indica el origen divino de aquel, y, en cierto grado, reemplaza para él el precioso don de la inmortalidad, que no existe. Según esto, el espíritu puede considerarse como la única fuente verdadera de felicidad. Pero nosotros, que no vemos a nuestro alrededor ninguna manifestación del espíritu, no podemos disfrutar de esa felicidad. Cierto es que tenemos nuestros libros, pero no es lo mismo; ni la lectura puede substituir del todo las bondades de la conversación y el intercambio de ideas. Si usted me permite que haga una comparación algo atrevida, le diré a usted que el libro es la nota y la conversación es el canto.

—Dice usted muy bien.

Y aquí hay un silencio. Entra entonces la cocinera, y con expresión curiosa se detiene casi en la puerta para oír lo que hablan los señores.

—En esta época ya no hay ingenio —declara Mijail Averianich.

Y se pone a recordar los buenos tiempos, cuando la vida valía la pena y era sana y gozosa, y habla de los intelectuales de hace treinta años, tan enamorados de su honra y tan devotos de la amistad. Entonces se prestaba dinero sin necesidad de prenda ni garantía, y todos se ayudaban mutuamente, de una manera caballeresca. La vida estaba llena de aventuras y de cautivadoras sorpresas. ¡Qué camaradas los de entonces! ¡Qué mujeres aquellas!

Y después se enfrasca con entusiasmo en una descripción del Cáucaso, ese país de bienandanza.

—Figúrese usted que la mujer de un teniente coronel, una mujer de las que hay pocas, se vestía con traje de oficial y por la noche emprendía largas excursiones a la montaña, sola y sin guía. Decían que tenía quién sabe qué misteriosa aventura con un príncipe de Georgia...

—¡Virgen santísima! —exclama la cocinera.

—¡Ah, en aquel tiempo se sabía comer y beber! La gente tenía ideas atrevidas.

El doctor, aunque ha estado escuchando, parece que no ha entendido bien; parece que piensa en otra cosa. Después, a pequeños sorbos, sigue apurando su cerveza. Y de pronto, inesperadamente, interrumpiendo a su amigo, dice:

—A veces, en sueños, me parece que estoy entre personas inteligentes y metido en conversaciones amenísimas. Mi padre me dio una buena instrucción, pero cometió el error de obligarme a cursar la carrera de médico. Yo creo que, si lo hubiera desobedecido, a estas horas viviría en el corazón de la vida intelectual. Tal vez me habrían ya hecho miembro del Consejo de la Universidad. Claro es que también el espíritu es cosa pasajera, pero es lo mejor que hay en nuestra vida. En suma: que la vida es como una trampa sin escape, en la que, más tarde o más temprano, todos los hombres que piensan tienen que ir cayendo. El hombre viene al mundo contra su voluntad; sale de la nada gracias al juego de unas fuerzas misteriosas que él no comprende, y cuando pretende averiguar el objeto o el sentido de su existencia, o nadie le contesta, o le contestan estupideces. También la muerte sobreviene contra la voluntad del hombre. Y en esta prisión que llamamos vida, los hombres reunidos por una desgracia común experimentan cierto alivio cuando pueden juntarse a intercambiar ideas libres y atrevidas. Por eso en este bajo mundo el espíritu es nuestro único placer y consuelo.

—¡Muy bien dicho, muy bien dicho!

El doctor, sin mirar a su interlocutor, continúa hablando lentamente, con largas pausas, del espíritu y de los hombres inteligentes. Mijail Averianich lo sigue con mucha atención, y exclama de vez en cuando:

—¡Tiene usted muchísima razón!

Después pregunta de pronto:

—¿Usted no cree en la inmortalidad del alma?

—No, honorable Mijail Averianich, no creo en la inmortalidad del alma, ni tengo razón alguna para creer en ella.

—Francamente, le diré a usted que yo también tengo mis dudas. Sin embargo, a veces siento la seguridad de que no he de morir. Otras me digo: «Pronto, pronto vas a reventar, triste vejete». Pero al instante oigo una voz interior que murmura a mi oído: «No lo creas, tú no morirás».

Después de las nueve, Mijail Averianich se despide. Al ponerse el gabán, ya en el vestíbulo, exclama:

—¡Vaya un agujero en que nos ha metido este negro destino! ¡Y lo peor es que aquí hemos de morirnos!

VII

Después de acompañar a su amigo hasta la puerta, el doctor se acomoda en la butaca y se pone a leer otra vez. Ningún ruido turba la absoluta tranquilidad de la noche. El tiempo se ha detenido. Al doctor le parece que nada existe, fuera de su libro y su lámpara de pantalla verde. Poco a poco su vulgar carota de mujik parece iluminarse con una sonrisa de admiración o de entusiasmo ante el genio humano. ¿Por qué no ha de ser el hombre inmortal? —se pregunta—. ¿Para qué sirve entonces el cerebro con su admirable mecanismo, para qué la vista, el don de la palabra, los sentimientos, el genio, si todo ha de estar predestinado a mezclarse con la tierra y dar vueltas después, durante millones de años y sin ningún objeto preciso, alrededor del sol? Para eso no valía la pena sacar al hombre de la nada —al hombre con su espíritu elevado y casi divino—, si después se lo había de transformar, como en burla, en un miserable puñado de tierra. Por miedo a la muerte muchos buscan un sustitutivo de la inmortalidad y se consuelan pensando que su cuerpo se perpetuará en una planta, en una roca, y hasta en una rana: ¡triste consuelo, que equivale a decirle a la caja de un violón roto que le espera un porvenir envidiable!

De vez en cuando, cuando el reloj da las horas, el doctor se hunde en la butaca y cierra los ojos para entregarse a sus reflexiones. Piensa en su pasado, en su vida actual. Su pasado es poco seductor, y prefiere olvidarlo, pero tampoco el presente le parece más grato. Él sabe que, en aquel mismo instante, no lejos de su casa, en el hospital, hay unos enfermos que padecen y que se encuentran en condiciones higiénicas insoportables. Muchos tienen insomnio y se pasan la noche luchando con las chinches y otros parásitos. Probablemente otros están jugando a las cartas con las hermanas o bebiendo vodka. El año pasado desfilaron por el hospital doce mil enfermos: doce mil víctimas del engaño. Porque la vida misma del hospital está fundada en el robo, las intrigas, el fraude, y no es más que una institución inmoral y dañosa para la salud de los vecinos. Él sabe bien que en la sala número 6 hay un Nikita que les pega a los locos y que el judío Moisés sale a la calle todos los días a pedir limosna.

Por otra parte, tampoco ignoraba que durante los últimos veinticinco años en la medicina se habían obrado progresos maravillosos. Tales progresos le admiraban y le entusiasmaban. ¡Una verdadera revolución! Gracias a la asepsia, se hacían ahora operaciones que antes nadie se hubiera atrevido ni a soñar. Enfermedades tenidas por incurables se curan hoy con éxito y en muy poco tiempo. La teoría de la herencia, el hipnotismo, los descubrimientos de Pasteur y de Koch, todo esto abre a la medicina amplias e insospechadas perspectivas. La revolución afectaba también el campo del alienismo. Ya nadie les echa a los locos agua fría en la cabeza, no se les ponen camisas de fuerza, se los trata bien, e incluso se les ofrecen espectáculos y conciertos.

El doctor comprende muy bien que, en el actual estado de la psiquiatría, un antro tan abominable como la sala número 6 solo es comprensible a doscientas verstas del ferrocarril, en un poblacho cuyo alcalde y consejeros apenas saben leer y tienen una confianza ilimitada en el médico, y aun aceptarían que este les echara plomo derretido en la boca a los enfermos. En cualquier lugar civilizado, la sala número 6 habría provocado la indignación general.

—Y con todo —medita el doctor—, la asepsia, las invenciones. de Pasteur y de Koch no cambian el fondo de la cuestión. Nada de eso basta para desterrar las enfermedades y la muerte. A los locos les darán espectáculos y conciertos, pero el número de locos no disminuye y no es posible dejarlos nunca en libertad. Todo eso, en el fondo, son ilusiones, y no hay verdadera diferencia entre la mejor de las clínicas y la sala número 6.

Pero tales reflexiones no logran consolarlo; se siente abatido, se siente muy fatigado, apoya la cabeza en la mano y sigue reflexionando:

—Estoy sirviendo a una causa injusta y vivo de lo que me pagan por engañar; no soy, pues, un hombre honrado. Pero yo, personalmente, no soy nada, no soy más que una partícula ínfima del indispensable mal social. Todos los empleados del Estado o del municipio son gente perjudicial, y también se les paga injustamente. No, no soy yo el culpable, sino la época en que me ha tocado vivir. De haber vivido dentro de doscientos años, yo sería otro.

A las tres de la mañana apaga la lámpara y se dispone a dormir, aunque no tiene ni pizca de sueño.

VIII

Hará unos dos años la Municipalidad votó un crédito suplementario de trescientos rublos anuales para aumentos en el personal médico del hospital. Para facilitarle la tarea al doctor Ragin, trajeron a otro médico: Eugenio Fedorich Jobotov.

Es un joven de unos treinta años. Es alto, moreno, de anchos pómulos y ojos muy pequeños. Había llegado al pueblo sin un céntimo en el bolsillo, con una maletita usada, acompañado de una mujer feísima, a la que hacía pasar por su cocinera. La mujer tiene un bebé.

Jobotov lleva siempre una boina y botas altas. Pronto se ha hecho amigo del enfermero general y del administrador; a los demás miembros del personal los trata desdeñosamente de «aristócratas» y no se les acerca. El único libro que hay en su casa es cierto *Manual de Medicina* publicado en 1881. Siempre que va a ver a un enfermo lo lleva consigo. Por la noche, en el club, juega al billar, pero detesta las cartas.

Va al hospital dos veces por semana, visita todas las salas y recibe a los enfermos. La absoluta falta de condiciones antisépticas y de higiene le tienen escandalizado, pero por no ofender al doctor Ragin, no se atreve a introducir reformas.

Jobotov está convencido de que su colega es un viejo canalla que se aprovecha astutamente de la situación y que ha amasado ya una fortuna. Y por supuesto que le gustaría ocupar su lugar.

IX

Una noche de primavera, a finales de marzo, cuando ya no se ve nieve por ninguna parte, cuando ya los pájaros comienzan a aparecer en el jardín del hospital, el doctor Ragin salió acompañando a su grande amigo el director de Correos. En aquel preciso instante entraba en el patio el loco Moisés, de vuelta de sus habituales paseos por el pueblo. Venía descalzo, con la cabeza descubierta, y llevaba en la mano un saquito donde guardaba lo que le habían dado.

—¡Dame un copec! —dijo dirigiéndose al doctor, temblando de frío y sonriendo humildemente.

El doctor, hombre incapaz de decir que no, le dio una pieza de diez copecs. Después, viendo los pies descalzos del pobre loco, se sintió lleno de remordimiento. «El suelo todavía está muy frío —se dijo—, puede por lo menos coger un catarro.» Y, llevado por su piedad, entró por el vestíbulo del pabellón en que se encontraba la sala número 6. Al verlo, Nikita saltó de entre los escombros donde estaba tumbado y lo saludó.

—Buenas noches, Nikita —dijo el doctor con mucha amabilidad—. ¿No sería posible darle a este hombre un par de botas? ¡No vaya a acatarrarse!

—A la orden del señor doctor; se lo diré al administrador.

—Sí, ten la bondad de decírselo; dile que vas de mi parte.

La puerta de la sala que da al vestíbulo estaba abierta. Gromov, que estaba acostado, se incorporó y se puso a escuchar. Pronto reconoció al doctor. Y entonces, rojo de cólera, temblando, con los ojos relampagueantes, saltó de la cama y gritó con una risilla sardónica.

—¡Por fin, señores, ya ha venido el doctor. Sea enhorabuena: el doctor se digna al fin a visitarnos!

Y, sin poder contenerse, añadió:

—¡Canalla, más que canalla, porque eso es mucho para él! ¡Merecería que lo mataran, que lo ahogaran en el retrete!

El doctor, que ha oído estas palabras, se acerca a la puerta de la sala y, asomándose, pregunta con su suave voz:

—¿Por qué?

—¿Por qué? —le grita Gromov acercándose a él con aire amenazador—. ¿Y se atreve usted a preguntarlo? Porque es usted un ladrón, un impostor, un verdugo.

—Vamos, cálmese usted —dice el doctor afectando una difícil sonrisa—. Le aseguro a usted que nunca he robado nada. Y en cuanto a las otras acusaciones, creo que exagera usted. Ya veo que está usted disgustado conmigo. Cálmese, cálmese, se lo ruego, y respóndame con toda franqueza: ¿por qué está usted tan disgustado?

—¿Y por qué me tiene usted aquí metido?

—Porque está usted enfermo.

—Bien, admitámoslo. Pero hay cientos y miles de locos que se pasean con toda libertad, por la sencilla razón de que es usted demasiado ignorante para acertar a distinguirlos de los cuerdos. ¿Por qué, pues, solo a mí y a estos desdichados han de tenernos aquí en calidad de chivos expiatorios? Usted, su enfermero, su administrador, y toda esa canalla, todos ustedes son, desde el punto de vista moral, infinitamente inferiores a nosotros, y sin embargo somos nosotros y no ustedes los condenados al encierro perpetuo. ¿Es lógico esto?

—Nada tienen que hacer aquí ni la moral ni la

lógica. Es el azar el que decide. El que ha sido encerrado aquí, aquí se queda, y los otros siguen en libertad. El hecho de que el médico sea yo y el enfermo usted nada tiene que ver con la moral ni la lógica: no es más que una cuestión de azar.

—Yo no entiendo esas necedades —dijo Gromov con voz sorda.

Y se sentó otra vez en la cama.

Moisés, a quien Nikita no se había atrevido a despojar en presencia del doctor, comenzó a poner en su cama trozos de pan, pedazos de papel, huesos; y, siempre temblando de frío, se soltó hablando en hebreo muy presurosamente; acaso se imaginaba ser dueño de una tienda.

—¡Déjeme usted en libertad! —dijo Gromov con voz temblorosa.

—No puedo.

—Pero ¿por qué, por qué?

—Porque no depende de mí. Supongamos que lo pongo a usted en libertad: no le serviría a usted de mucho. Al instante los vecinos del pueblo o la policía lo volverían a arrestar y me lo traerían aquí otra vez.

—Sí, es verdad.

Y Gromov se daba en la frente, como tratando de descubrir una solución.

—¡Qué horrible situación! Entonces, dígame usted, ¿qué puedo hacer?

Y su voz y su expresión inteligente conmovieron y sedujeron al doctor. Sintió un gran deseo de consolar al pobre joven y darle algunas muestras de simpatía. Se sentó en la cama, junto a Gromov, y dijo:

—Me pregunta usted qué podemos hacer. En su situación, parece que lo mejor sería escaparse. Pero es inútil, por desgracia: lo arrestarían a usted al instante. Cuando la sociedad se defiende contra los criminales, los locos y toda clase de hombres que no le convienen, es inflexible. No le queda a usted más que convencerse a sí mismo de que su permanencia aquí es inevitable.

—¡Pero si mi permanencia aquí no le sirve a nadie para nada!

—Una vez que hay prisiones y manicomios, es fuerza que estén habitados. Día llegará en que no existan. Entonces no habrá rejas en las ventanas ni cadenas. Yo le aseguro a usted que, tarde o temprano, ese día llegará.

Gromov sonrió amargamente.

—Usted se está burlando de mí, señor mío. A usted, a su Nikita y a toda la demás canalla les importa poco que lleguen o no esos tiempos anhelados. Pero puede usted estar seguro de que llegarán, llegarán tiempos mejores. Tal vez hallará usted ridículas mis palabras, pero oiga usted lo que le digo: la aurora de un día mejor alumbrará la tierra, la verdad triunfará, y los humildes y los perseguidos disfrutarán de la felicidad que merecen. Tal vez para entonces yo no existiré, pero ¡qué más da! Me regocijo pensando en la felicidad de las generaciones futuras, las saludo con todo mi corazón. ¡Adelante! ¡Que Dios os ayude, amigos míos, amigos desconocidos del porvenir remoto! Gromov se levantó de la cama, con los ojos encendidos, alargó los brazos hacia la ventana y exclamó con voz conmovida:

—¡A través de estas malditas rejas, yo os bendigo! Me regocijo con vosotros y por vosotros. ¡Viva la verdad!

—No veo que haya mucha razón para alegrarse —dijo el doctor, a quien aquel ademán de Gromov, aunque algo teatral, no le resultó desagradable—. En ese porvenir que tanto le entusiasma a usted no habrá manicomios ni prisiones, ni rejas ni cadenas; en suma, como usted dice, triunfará la verdad. Pero... las leyes de la naturaleza seguirán su camino invariable y las cosas no cambiarán en el fondo. Los hombres padecerán enfermedades, se envejecerán y pararán, lo mismo que hoy, en la muerte. La aurora que alumbra la vida podrá ser muy hermosa, pero eso no impedirá que se meta a los hombres en la caja y la caja se meta en la fosa.

—¿Y la inmortalidad?

—¡Tontería!

—¿No cree usted en la inmortalidad? Yo sí. Dostoievski o Voltaire, no me acuerdo bien cuál de los dos, ha dicho que, si no existiera Dios, habría que inventarlo. Si la inmortalidad no existe, estoy seguro de que, tarde o temprano, el genio del hombre acabará por inventarla.

—¡Muy bien dicho! —aprobó el doctor con una sonrisa de satisfacción—. Hace usted bien en creer. Con una fe tan grande, hasta en la prisión se puede encontrar felicidad. Permítame usted una pregunta: ¿dónde ha hecho usted sus estudios?

—En la universidad, pero no los terminé.

—Usted es un hombre que sabe pensar. Usted podrá encontrar siempre algún consuelo en sí mismo, cualesquiera que sean las condiciones de su vida. El pensamiento libre de trabas que trata de comprender el sentido de la existencia y el desprecio absoluto por todo lo que sucede en este bajo mundo son los dos bienes supremos. Usted puede ser dueño de ellos aun encerrado tras estas rejas. Diógenes vivía en un tonel, pero eso no le impedía ser más dichoso que todos los reyes de la tierra.

—El tal Diógenes era un imbécil —dijo Gromov con voz opaca—. ¿Para qué me habla usted de Diógenes y de felicidades fantásticas? —Y de pronto, sobreexcitado, añadió—: ¡Yo amo la vida, la amo apasionadamente! Tengo manía persecutoria, estoy poseído de un terror constante, pero por momentos tengo una sed tan inmensa de la vida que temo volverme loco rematado. ¡Dios mío! Lo que yo quiero es vivir, ¿me entiende usted? Vivir una vida completa, íntegra.

Muy conmovido, dio algunos pasos por la sala. Después, más tranquilo, añadió:

—A veces, en sueños, veo que me rodean unas sombras. Veo en mi imaginación unas gentes, oigo unas voces, música, y me parece que me paseo a través de campos y bosques, junto al mar... Y siempre, siempre, un deseo ardiente de moverme, de manifestar una actividad febril... Díganme, ¿qué hay de nuevo por allá, en el mundo?

—¿En el pueblo quiere usted decir?

—Cuénteme usted primero lo que pasa en el pueblo, y después lo demás.

—Pues mire usted: la vida en el pueblo es muy aburrida. Casi no hay nadie con quien intercambiar unas palabras. ¡Si al menos viniera gente nueva! Es verdad que últimamente ha venido un joven médico, el señor Jobotov.

—Ya lo sé: un imbécil.

—Sí, un hombre de muy escasa cultura. Es increíble; yo me imagino que, en Petersburgo, en Moscú, la vida intelectual es intensísima, que todo está allá efervescente y que todo se agita en torno a los grandes problemas de actualidad; y sin embargo nos llega de allá cada tipo tan insulso, tan poco interesante... ¡No; nuestro pobre pueblo no tiene suerte!

—¡Es verdad, pobre pueblo!

Gromov calló un instante, y después:

—Y en las revistas, en los periódicos, ¿qué hay de nuevo?

La sala estaba ya por completo sumergida en tinieblas. El doctor se puso en pie y empezó a contar lo que decía la prensa y lo que había del movimiento intelectual en Rusia y en el extranjero.

Gromov lo escuchaba con notable atención, preguntaba algo y parecía muy interesado. Pero de pronto, como si hubiera recordado algo terrible, se llevó las manos a la cabeza, se echó en la cama y le dio la espalda al doctor.

—¿Qué le pasa a usted? —le preguntó este.

—Es inútil: no me oirá usted pronunciar una sola palabra más —dijo Gromov ásperamente—. ¡Lárguese de aquí!

—Pero ¿por qué?

—¡Déjeme en paz, le digo, con cien mil demonios!

El doctor se encogió de hombros, suspiró y salió. Al pasar por el vestíbulo, dijo:

—Oye, Nikita: convendría limpiar un poco esto. Huele muy mal.

—¡A la orden del señor doctor!

«Pobre muchacho —pensaba el doctor al volver a su casa—. Desde que estoy aquí es el primero con quien he podido hablar de cosas interesantes. Sabe razonar y se preocupa de cosas que solo preocupan a los hombres de ingenio.»

Mientras leía en su despacho, y después ya metido en cama, no dejaba de pensar en Gromov. Al día siguiente, en cuanto se despertó, recordó que acababa de descubrir a un hombre interesante, y se prometió ir de nuevo a visitar a Gromov a la primera oportunidad.

X

Gromov estaba en la misma posición de la víspera con las manos en la cabeza y la cara contra la pared.

—Buenos días, amigo mío —dijo el doctor—. ¿No duerme usted?

—Ante todo, yo no soy su amigo —dijo Gromov sin volver la cara y como hablando con la pared—. Y después, sepa usted que todos sus esfuerzos por reanudar la conversación serán inútiles; no despegaré los labios.

—¡Qué cosa más rara! —balbuceó confuso el doctor—. Ayer estuvimos hablando tan tranquilamente, y de pronto usted se ha disgustado e interrumpe la charla... Tal vez he usado sin querer alguna palabra inoportuna o habré sostenido alguna idea que a usted le molesta...

Gromov se volvió a medias, e incorporándose un poco se quedó mirando al doctor irónicamente:

—Sepa usted que no creo una sola sílaba de lo que me cuenta. Sé muy bien lo que usted se propone: usted viene aquí como un espía para descubrir mis intenciones y mis opiniones. Ayer lo comprendí.

—¡Vaya una ocurrencia! —dijo el doctor asombrado—. ¿Se imagina usted que soy un espía?

—Sí, señor. Un espía y un médico que procede al examen de las capacidades de su enfermo son una misma cosa.

—Dispense usted, pero es usted realmente... original.

Se sentó en una silla, junto a la cama, y movió la cabeza en ademán de reproche.

—Admitamos que tiene usted razón —dijo—. Admitamos que examino cada una de las palabras de usted para denunciarlo después a la policía. Que lo van a arrestar a usted, a juzgar. ¿Acaso sería usted más infeliz en ninguna cárcel de lo que ya es aquí? Aun cuando lo enviaran a usted a Siberia, ¿acaso sería peor que quedarse en esta casa de locos? Creo que no, verdaderamente. Entonces, ¿qué puede usted temer?

Estas palabras produjeron un efecto visible. Gromov, tranquilizado, se sentó en la cama.

Eran las cuatro y media de la tarde, la hora en que la cocinera solía preguntarle al doctor si no era ya la hora de la cerveza. Afuera el día estaba claro y hermoso.

—He salido a pasear un poco después de la comida —dijo el doctor—, y quiero verlo a usted. Estamos en plena primavera.

—¿En qué mes? ¿Marzo? —preguntó Gromov.

—Sí, a finales de marzo.

—Las calles estarán llenas de fango, ¿verdad?

—No mucho. Algunas están secas.

—¡Ay, qué hermoso poder dar un paseíto en coche por la ciudad y volver después a un cuarto confortable!... Consultar a un buen médico para el dolor de cabeza... Hace mucho que no hago vida de hombre civilizado. ¡Aquí todo es sucio, desagradable, repugnante!

Tras la excitación de la víspera, parecía cansado, y hacía esfuerzos para hablar. Le temblaban las manos, y por la expresión de su cara se comprendía que tenía jaqueca.

—Entre un cuarto bien cómodo y esta sala —dijo el doctor— no hay ninguna diferencia. El hombre extrae de sí mismo su felicidad y su tranquilidad, y no de las cosas exteriores.

—¿Cómo dice usted?

—Quiero decir que un hombre ordinario ve el bien y el mal como cosa externa en un buen cuarto o en un coche confortable, mientras que el hombre dotado de pensamiento los busca dentro de sí mismo.

—Vaya usted con esas filosofías a Grecia, donde el tiempo siempre es encantador y el aire está embalsamado con el perfume de las flores. Aquí el clima no se presta a esa propaganda. Creo que fue con usted con quien hablaba yo de Diógenes, ¿no es verdad?

—Sí, ayer, conmigo.

—Pues mire usted: Diógenes no necesitaba un buen cuarto ni habitaciones bien calentadas porque en Grecia hace bastante calor. Allá puede uno aguantar días y noches en un tonel sin comer más que naranjas y aceitunas. Pero si Diógenes hubiera vivido en Rusia, tenga usted por seguro que se habría metido en casita, no solo en diciembre, sino hasta en mayo. De lo contrario, el pobre filósofo se hubiera helado con toda su filosofía.

—No lo creo. Se puede no sentir el frío, como cualquier otro sentimiento desagradable. Marco Aurelio ha dicho: «El dolor no es más que un pensamiento muy vivo del dolor. Basta hacer un esfuerzo para transformar ese pensamiento, no hacerle caso, no gemir ni quejarse, y el dolor desaparecerá». Es muy justo. El sabio, o cualquiera que piense un poco, desprecia el sufrimiento; siempre está contento y nada logra impresionarle.

—Según eso, yo debo ser un idiota, puesto que sufro, estoy a disgusto y experimento una dolorosa sorpresa ante el espectáculo de la cobardía humana.

—En todo caso, se equivoca usted; mientras más piense usted en ello, más se convencerá de que todo lo que nos inquieta y nos apasiona es indigno de nuestra atención. La verdadera felicidad consiste en la comprensión del sentido de la vida.

—Comprensión... felicidad interior. —Gromov hizo una mueca—. Perdóneme usted, pero no le entiendo. Yo solo sé una cosa: Dios me ha hecho de carne y hueso, me ha dado nervios y sangre caliente, soy un organismo vivo, y como tal reacciono necesariamente ante toda irritación exterior. Reacciono y no puedo evitar hacerlo. Cuando me hacen daño, grito y lloro; ante una cobardía me sublevo; ante una mala acción siento asco. Esto es lo que llamamos la vida, según mi entender. A organismo menos perfeccionado, reacción menor. Y, al contrario, los organismos superiores son más accesibles a los sentimientos de dolor, de alegría, etc., y reaccionan más enérgicamente a todo lo que pasa en el exterior. Me parece que esta es una verdad elemental. Y me asombra que todo un médico, como usted, ignore semejantes cosas. Para despreciar el sufrimiento, estar siempre contento y no asombrarse de nada, hay que haber caído muy abajo, haber llegado a un estado de brutalidad como el de ese, por ejemplo...

Y Gromov señaló al mujik embrutecido que estaba junto a ellos sumergido en su somnolencia habitual.

—O bien —continuó— hay que habituarse al sufrimiento hasta perder toda sensibilidad; es decir, dejar de vivir. No, no; todo eso son necedades que yo no entiendo. Por lo demás, yo no sé razonar.

—Al contrario, razona usted muy bien.

—Los estoicos, a quienes usted quiere imitar, eran hombres notables, pero su filosofía murió hace dos mil años y no hay probabilidades de que renazca, porque no es práctica ni vital. Nunca pudo seducir sino a una minoría selecta, que no tenía mejor ocupación que el dedicarse a tales extravagancias; en cuanto a la mayoría, ni entendió nunca ni podía entender a los estoicos. La gran mayoría humana es inaccesible a la propaganda del desprecio y la indiferencia por la riqueza y la comodidad, por lo mismo que no las posee. Además, esta mayoría no puede desdeñar el sufrimiento, porque toda la vida humana está hecha de sufrimientos, de sensaciones de hambre, frío, rebeldía y miedo a la muerte. Sí, lo repito: la filosofía de los estoicos no está llamada a propagarse. Lo único que puede progresar y desarrollarse es la lucha contra las imperfecciones de la vida, la lucha por la propia existencia y la propia felicidad...

Gromov iba a decir algo más, pero perdió el hilo de sus ideas y se detuvo de pronto, dándose una palmada en la frente.

—Iba yo a decir algo importante, pero se me fue... ¡Ah, ya caigo! Un estoico se vendió una vez como esclavo para comprar la libertad de otro esclavo. Esto prueba que era sensible a los sufrimientos, al menos a los ajenos. Para sacrificarse de este modo debió sublevarse, indignarse contra la injusticia social, al punto de querer liberar a una de sus víctimas. Y, en fin, vea usted el caso de Jesucristo. Era sumamente sensible a la vida real, y reaccionaba ante ella como los simples mortales: lloraba, sonreía, se entristecía, se encolerizaba. Al aproximarse a su espantosa muerte, no iba precisamente sonriendo; al contrario, en el jardín de Getsemaní pidió a Dios que le ahorrara tan amargo trance.

Gromov se detuvo un instante.

—Supongamos que tiene usted razón en el fondo; que la tranquilidad y la dicha no se encuentran afuera, sino en el corazón del hombre. Aun así, no entiendo que usted predique semejante doctrina. ¿Acaso es usted filósofo, o es usted sabio?

—No. Ni sabio ni filósofo, pero creo que todos tenemos derecho a predicar la verdad.

—Pero ¿con qué derecho se atribuye usted competencia para tratar de los sufrimientos humanos? ¿Acaso ha sufrido usted alguna vez? ¿Tiene usted noción de lo que es sufrir? Permítame que le haga una pregunta: ¿le han pegado a usted de niño?

—No. Mis padres no aprobaban ese procedimiento pedagógico.

—Pues a mí mi padre me pegaba de un modo cruel. Era un hombre severo; padecía hemorroides; tenía una enorme nariz y un cuello amarillo. No hablemos de usted: a usted nadie lo ha tocado con la punta del dedo; usted no ha tenido nada que temer; usted goza de una salud perfecta; nunca conoció usted la miseria, ni durante la infancia, ni después en la universidad. Una vez obtenido el diploma, encontró usted una buena colocación; y desde hace unos veinte años, vive usted en una casa que le proporciona el Estado con calefacción, luz, servicio. Trabaja usted cuando le da la gana, y si no quiere usted, no hay quien le diga una palabra. Perezoso e inactivo por carácter se pasa usted la vida en absoluta pasividad, y no le gusta a usted que nadie le moleste. El hospital y sus enfermos los entrega usted en manos del enfermero y demás canalla, y mientras tanto usted se lo pasa tranquilamente, sin hacer nada, juntando dinero, leyendo excelentes libros, reflexionando sobre problemas abstractos, y... bebiendo. En suma: que usted no conoce la vida y solo tiene de la realidad unas nociones vagas y teóricas. Desprecia usted el sufrimiento por una sencilla razón: nunca lo ha padecido usted. La filosofía que usted predica —el desprecio del mal, la felicidad interior, la no existencia del dolor y demás sandeces— es la filosofía de todos los haraganes y bobos. Cuando ve usted que un mujik maltrata a su mujer, se dice usted que no vale la pena intervenir puesto que ambos tienen que morir un día u otro y que, además, el verdugo se daña más a sí mismo de lo que daña a su víctima. Si un enfermo acude a usted, usted se dice que el mal que padece no es más que una imaginación del mal y que, por lo demás, sin sufrimientos, la vida sería monótona e insípida. Aquí nos tiene a nosotros encerrados tras estas rejas. Nos martirizan y maltratan, pero eso le deja a usted indiferente, puesto que afirma que no hay la menor diferencia entre este manicomio y una sala confortable. Sí, no cabe duda de que profesa usted una filosofía muy cómoda: no hay nada que hacer, tiene uno la conciencia tranquila y todavía se da uno el lujo de ser filósofo y sabio... No, señor mío, eso no es una filosofía ni es amplitud de miras; no es más que pereza, inercia, haraganería.

Gromov estaba cada vez más excitado. Tenía la cara encendida de indignación.

—Usted desprecia el sufrimiento —continuó—, pero si le cogen a usted un dedo en la puerta, se pone usted a gritar.

—Puede que no —dijo el doctor sonriendo.

—Sí, estoy seguro de que sí. ¡Me imagino cómo se pondría usted si, por ejemplo, se le paralizara el cuerpo de pronto! O figúrese usted que un imbécil lo injuriase brutalmente y que se encontrara usted en la absoluta imposibilidad de vengarse. ¡Ah, lo que entonces entendería usted es el sentido real del sufrimiento! ¡Entonces no le serviría a usted de consuelo su dichosa filosofía de la verdadera felicidad y el desprecio de los males!...

—Es sumamente original todo lo que usted me dice —observó el doctor con una risilla contenta y frotándose las manos—. Experimento un verdadero placer en escucharle. En cuanto al retrato moral de mi persona que ha tenido usted la bondad de hacer, tengo que confesar que es espléndido. No puedo disimularle a usted que es un verdadero deleite para mí hablar con usted. Hasta ahora, ya ve usted, le he escuchado con el mayor interés. Permítame ahora que, a mi vez, le conteste en pocas palabras...

XI

La conversación se prolongó por espacio de una hora, produciendo sobre el doctor una impresión profundísima.

A partir de entonces, visitaba con mucha frecuencia la sala número 6. Iba por la mañana, por la tarde, por la noche. A veces se quedaba hablando con Gromov hasta horas muy avanzadas.

Al principio Gromov se mostraba algo desconfiado, atribuyéndole malas intenciones, y sin tomarse el trabajo de ocultarle su mala voluntad. Después, poco a poco, se fue acostumbrando a él y dejó de tratarlo con aspereza, adoptando un tono de condescendencia irónica.

Pronto corrió por el hospital el rumor de que el doctor Raguin visitaba asiduamente la sala número 6. Ni el enfermero, ni las hermanas, ni Nikita podían entender tal conducta, ni qué iba a hacer a la sala, ni para qué se pasaba horas enteras allí, ni de qué hablaba durante tanto tiempo. La cosa era tanto más misteriosa cuanto que no examinaba a los enfermos ni les prescribía ningún tratamiento.

Todo eso era, en verdad, muy extraño. Ya el director de Correos no lo encontraba casi nunca en casa, cosa que antes jamás sucedía. La cocinera Daría no sabía qué pensar: el doctor faltaba con frecuencia, no solo a la hora de la cerveza, sino que incluso a la comida solía llegar con retraso.

Una tarde, a finales de junio, el doctor Jobotov vino a buscar a su colega para tratar de cierto negocio y no lo encontró. En el patio le informaron que el doctor Raguin estaba en la sala número 6. Jobotov entró en el vestíbulo, se detuvo en la puerta de la sala y escuchó.

He aquí lo que oyó:

—Nunca nos pondremos de acuerdo —decía Gromov con voz irritada—. Nunca logrará usted convertirme a su religión. Usted no tiene la menor noción de la vida real; usted no ha sufrido nunca; usted ha vivido siempre como parásito del sufrimiento ajeno, mientras que yo he sufrido desde la hora en que nací hasta la hora presente. Y le declaro a usted francamente que en este respecto me considero superior a usted. En todo caso, no es usted quien pueda darme lecciones.

—¡Pero, querido amigo, si yo no pretendo convertirlo a usted a mi religión! —respondía el doctor con dulzura y visiblemente afligido de que no lo entendiera el otro—. Si no se trata de eso. Admito que usted ha sufrido mucho y que yo no he sufrido jamás. No es esa la cuestión. Los sufrimientos, como los gozos, son pasajeros; no se hable más de ellos. Lo esencial es que usted y yo, ambos, somos seres pensantes, y eso es lo que nos une y hace solidarios, a pesar de la divergencia de nuestras opiniones. ¡Si supiera usted, querido amigo, hasta qué punto estoy harto de la locura general, de la maldad, de la estupidez de la gente que me rodea, y qué alivio experimento hablando con usted! Usted es un hombre inteligente: yo me alegro de veras de encontrarme en su compañía...

Jobotov entreabrió la puerta y echó una mirada al interior: Gromov, tocado con el bonete, y el doctor Ragin estaban sentados al lado de la cama. El loco gesticulaba, hacía ademanes, temblaba, y el doctor, a todo esto, permanecía inmóvil, la cabeza inclinada sobre el pecho, roja y triste la cara.

Jobotov se encogió de hombros y cambió una mirada con Nikita. Este también se encogió de hombros.

Al día siguiente Jobotov acudió al mismo sitio, acompañado del enfermero. Los dos se apostaron tras la puerta y escucharon.

—Parece que el buen señor está algo chiflado —dijo Jobotov al enfermero al salir del pabellón. Y el otro, piadosamente:

—¡Dios nos libre a todos de ese mal! La verdad, le diré a usted que ya me esperaba yo esto desde hace mucho.

XII

En adelante el doctor Ragin comenzó a notar algo misterioso en torno a él. Los criados, las hermanas de la caridad y los enfermos le miraban de un modo extraño y a su paso intercambiaban observaciones en voz baja. La niña Macha, hija del administrador, con la que antes solía jugar en el jardín del hospital, escapaba a toda prisa en cuanto intentaba acercársele. El director de Correos ya no le decía «Tiene usted muchísima razón», sino que balbuceaba confuso «Sí, sí...» y lo contemplaba con tristeza. Después le aconsejaba que renunciara al vodka y a la cerveza, aunque, más que de un modo directo, por medio de alusiones veladas. Un día, por ejemplo, le contó la triste historia de un coronel y un sacerdote que se habían perdido por el abuso del alcohol.

Varias veces Jobotov había venido a casa de su colega y también le había aconsejado que tomara bromuro, sin ninguna razón que pareciera justificarlo.

En agosto, el doctor Ragin recibió una carta en que el alcalde lo citaba para tratar de un negocio importante. Habiéndose presentado en la casa municipal a la hora indicada, se encontró allí con el jefe de la guarnición local, el director de la escuela primaria, un consejero municipal, el doctor Jobotov y un señor gordo y rubio, a quien le presentaron como médico. Este habitaba en cierto lugar situado a unas treinta verstas de la ciudad, y probablemente había venido por invitación expresa aquel día.

Intercambiados los saludos de rigor y sentados todos en torno a la mesa, el consejero municipal dijo a Ragin:

—Vea usted, querido doctor: nos informan de que es absolutamente indispensable transportar la farmacia que está en el edificio central a una de las dependencias. ¿Qué opina usted?

—Todos los pabellones y dependencias están en mal estado; harían falta algunas reparaciones.

—Sí... desgraciadamente, tiene usted razón.

—Las reparaciones costarían, por lo menos, quinientos rublos: un gasto improductivo.

Hubo una pausa.

—Ya he tenido la honra de poner en conocimiento de la Municipalidad —añadió el doctor Ragin con voz velada— que este hospital, en el estado en que actualmente se encuentra, es un lujo excesivo para el pueblo. El pueblo gasta demasiado en construcciones inútiles. Con este dinero, siempre que se procure una administración mejor, se podrían mantener hasta dos hospitales modelos.

—¡Pues bien, manos a la obra! —exclamó el consejero municipal.

Nuevo silencio. Los lacayos sirvieron el té. El jefe de la guarnición local, que parecía muy turbado, tocó suavemente a Ragin por la manga y le dijo:

—Nos ha olvidado usted completamente, doctor. Es verdad que hace usted vida de monje; no

151

juega usted a las cartas, no le gustan las mujeres, se aburre usted en nuestra compañía.

Aquí todos se pusieron a quejarse de la vida aburrida que pasaban en el pueblo todas las personas de calidad: ni teatros, ni conciertos... En el último baile del club solo había unas veinte señoras, y nada más que dos hombres que supieran bailar. Los jóvenes, en vez de bailar, se dedicaban a comer o a jugar a las cartas.

El doctor Ragin, lenta y suavemente, sin mirar a nadie, se puso a decir que los vecinos del pueblo se pasaban la vida entre la baraja y las pequeñas intrigas y chismorreos, sin interesarse por nada y arrastrando una vida llena de trivialidad.

Su colega Jobotov, que le escuchaba atentamente, le dijo de pronto:

—¿A cuántos estamos?

Ragin le contestó la fecha. Y entonces Jobotov y el doctor rubio se soltaron haciéndole multitud de preguntas, con la mayor torpeza, sobre el día, el mes, el número de días del año, etc. Por fin, Jobotov dijo:

—¿Es verdad que uno de los enfermos de la sala número 6 es un profeta?

Ragin se sonrojó y repuso:

—Sí. Hay un joven muy interesante.

Ya no le preguntaron más.

Cuando, ya en el vestíbulo, se estaba poniendo el gabán, el jefe de la guarnición le dio una palmadita en el hombro y le dijo con un suspiro:

—Es tiempo de que nosotros, los viejos, descansemos un poco. Hemos trabajado ya mucho.

Ragin comprendió bien que aquello no tenía más

fin que examinar sus capacidades mentales. Y se avergonzó casi recordando las preguntas que le habían formulado. «Dios mío —pensaba—, ¡y pensar que Jobotov y el otro han estudiado recientemente psiquiatría en la universidad! ¡No tienen la menor noción; una ignorancia increíble!»

Aquella noche recibió la visita del director de Correos. Sin saludarlo, Mijail Averianich le abordó, le cogió ambas manos y le dijo con voz conmovida:

—Querido amigo: ¡deme usted la prueba de su amistad! No, no, no me diga más; óigame bien: yo le tengo a usted mucho afecto; yo admiro su alta cultura y su noble corazón, pero, justamente por eso, no puedo ni quiero ocultarle a usted la verdad. ¡Amigo mío, usted está enfermo! Perdóneme, querido amigo, pero hace mucho que lo vengo advirtiendo. Además, todo el mundo lo ha notado ya. El doctor Jobotov acaba de decirme que usted necesita, a toda costa, descansar y distraerse un poco. Y tiene razón. Ahora bien, espero para de aquí a unos días un permiso y me propongo hacer un viajecito. ¿Quiere usted acompañarme? ¡No, no, no me diga que no! Si es usted realmente mi amigo, acéptelo, se lo suplico. ¡Ya verá usted qué viaje más interesante!

Ragin, tras una corta reflexión, dijo:

—Gozo de perfecta salud. Lo lamento de veras, pero ahora no podría yo salir de aquí. Permítame usted que le pruebe mi amistad de algún otro modo.

Emprender un viaje sin ningún objeto preciso, sin ninguna razón; renunciar por algún tiempo a sus libros y a sus costumbres era para él cosa estúpida y fantástica. Pero, acordándose entonces de lo que

153

acababa de pasarle hacía pocas horas en la alcaldía, cayó en que quizá sería conveniente abandonar por algún tiempo aquel pueblo en que los vecinos habían dado en creerlo loco.

—Y ¿adónde se propone usted ir?

—A Moscú, a Petersburgo, a Varsovia... En Varsovia pasé cinco años que considero como los mejores de mi vida. Es una ciudad admirable. ¡Vamos, amigo mío, se lo ruego, venga usted conmigo!

XIII

Una semana después le propusieron al doctor Ragin que descansara; en otros términos, que dimitiera. Recibió esta proposición con una indiferencia absoluta.

Y a la semana siguiente, en compañía de Mijail Averianich, se dirigía a la próxima estación del ferrocarril.

Tenían que hacer doscientas verstas en coche. El tiempo era fresco y luminoso; el cielo estaba azul. En el horizonte se alcanzaba a ver claramente el bosque de pinos que limitaba la llanura. El viaje hasta la estación duró un par de días con sus noches. Dormían en los paraderos, y allí Mijail Averianich juraba y amenazaba:

—¡Silencio, bribones! —gritaba brutalmente a los cocheros y a la gente de las posadas.

Durante todo el trayecto fue hablando de sus viajes por Polonia y el Cáucaso. ¡Admirables aventuras! ¡Historias fantásticas! Sus interminables relatos fatigaban y molestaban al doctor.

En el ferrocarril, por economía, viajaron en tercera, en el vagón de no fumadores. Mijail Averianich trabó relaciones, poco a poco, con todos los viajeros. Pasaba de uno a otro banco y tronaba contra el desorden de los ferrocarriles, contra la administración y las tradiciones bárbaras. En suma: que el mejor modo de viajar era ir a caballo.

—Aquí donde ustedes me ven, yo he hecho millares de kilómetros a caballo sin fatigarme; es una verdadera delicia.

Y se animaba, se sentía arrebatado, alzaba la voz, gesticulaba, no dejaba hablar a nadie; ya se encolerizaba, ya reía a carcajadas. El doctor estaba cada vez más fatigado. «¿Cuál de los dos es más loco —pensaba—: yo, que procuro no molestar a nadie, o este egoísta, que se cree más inteligente y más interesante que todos y a todos cansa?»

En Moscú, Mijail Averianich se puso su uniforme de oficial retirado: los pantalones y el gorro. Los soldados le hacían el saludo reglamentario, y él se sentía feliz. Molestaba al doctor con su aire de viejo gentilhombre lleno de presunción. Siempre muy exigente con los humildes, a todos los injuriaba, y se hacía servir hasta cuando no le hacía falta.

—¡Dame los fósforos! —le gritaba al lacayo, aunque los tenía al alcance de la mano.

Andaba por el cuarto del hotel en camisa y en calzones delante de las criadas, como si estas no existiesen para él. Tuteaba a todos los servidores, aun a los viejos, y cuando se disgustaba los llamaba imbéciles e idiotas. El pobre doctor encontraba todo esto muy desagradable y sufría mucho.

El día mismo de la llegada a Moscú, Mijail Ave-

rianich lo llevó a la iglesia en que está el famoso icono *Iverskaya*. Se arrodilló, recitó sus oraciones piadosamente, puso la frente en las losas del suelo, y
cuando, por fin, se levantó, tenía los ojos llenos de
lágrimas.

—Se puede ser descreído —exclamó—, pero, sin
embargo, esto es un consuelo. Se siente uno desahogado después de la oración. Hágame usted el favor
de poner sus labios sobre ese icono.

El doctor, muy confuso, hizo lo que el otro le
indicaba. Mijail Averianich todavía recitó otra plegaria, y después, contento de sí mismo, sacó el pañuelo
y se enjugó las lágrimas.

Después visitaron el Kremlin, donde admiraron
al Rey-Cañón y a la Reina-Campana, y aun los tocaron con sus manos.

También fueron a la célebre Catedral del Salvador y al Museo de Rumiantzev.

Cenaron en una de les fondas más célebres.

Mijail Averianich examinó detenidamente el menú,
acariciándose sus blancas patillas, y dijo con tono de
gran conocedor, habituado a las fondas elegantes,
dirigiéndose al jefe del servicio:

—¡Bien, caballerito, vamos a ver qué tal lo hace
usted hoy!

XIV

El doctor seguía a su compañero con la mayor docilidad, observaba, comía, bebía, pero sin gusto ni
apetito. Mijail Averianich le era cada vez más pesado
y molesto. Hubiera querido quedarse solo, aunque

fuera una hora, pero el otro se creía en el deber de no perderlo de vista un solo instante y de procurarle distracciones. Cuando ya no les quedaba nada que ver, intentaba divertirlo con sus relatos.

Al tercer día en Moscú, el doctor se sintió tan fatigado que declaró a su amigo que estaba algo enfermo y prefería quedarse en el hotel todo el día.

—Entonces me quedaré con usted —dijo el otro—. Después de todo, tiene usted razón: nos hemos fatigado mucho.

Y se quedó acompañándolo.

El doctor se echó en el canapé, se volvió hacia el muro, y apretando los dientes dejaba pasar el chaparrón de los cuentos de su amigo. Este, gritando y gesticulando, le aseguraba que Francia acabaría por aplastar, tarde o temprano, a Alemania; le decía que en Moscú hay un verdadero ejército de ladrones y afirmaba que los caballos rusos son mucho mejores que los extranjeros. Al doctor le dolía la cabeza, y la voz de su amigo le irritaba más por momentos; con todo, no se atrevía a pedirle que lo dejara solo o que se callara. Por fortuna, al cabo de un rato, Mijail Averianich se aburrió y se fue a la calle.

Contentísimo se sintió el doctor al quedarse solo. ¡Qué felicidad estar tumbado en el diván, sin moverse y sin que le molestara la interminable charlatanería de su amigo! La soledad es condición indispensable de la felicidad. El ángel caído ha traicionado a Dios, seguramente, por cuanto aspiraba también a la soledad, de la cual están privados los ángeles. Hubiera querido pensar en otra cosa, pero su pensamiento estaba como ligado a Mijail Averianich: «Solo por su amistad hacia mí —se decía— ha emprendido este viaje, y por amistad también no puede dejarme tranquilo y me fastidia con su charlatanería. Es bueno, es generoso, pero es insoportable, muy superficial y ligero. Junto a él cualquiera se volvería loco, a la larga».

Los días siguientes, con el pretexto de no sentirse bien, el doctor lograba quedarse en el hotel. Se pasaba horas enteras tumbado en el diván, encantado cuando su amigo estaba ausente, y mortalmente aburrido cuando su amigo paseaba por la estancia charlando sin parar, a su modo.

«Esta, esta es la vida real, estos son los sufrimientos de que Gromov me hablaba —se decía—. Y tenía razón: por muy filósofo y muy estoico que uno sea, no se puede preferir la calma y la dicha a los sufrimientos.»

Y sentía unos deseos ardientes de volver cuanto antes al pueblo.

En Petersburgo se repitió la misma historia. Se pasaba días enteros sin salir del hotel y sin levantarse del diván más que para beber un vaso de cerveza.

Mijail Averianich estaba impaciente por ir a Varsovia.

—¡Pero, amigo mío, a mí nada se me ha perdido en Varsovia! —decía el doctor con voz implorante—. Vaya usted solo, y yo volveré a mi casa, se lo ruego.

—¡No, no y no! —protestaba Mijail Averianich—. Varsovia es una ciudad única, admirable. Es necesario que usted la vea y la juzgue. Allí he pasado yo los cinco mejores años de mi vida.

El doctor no tuvo bastante voluntad para resistir y se dejó llevar a Varsovia.

En Varsovia casi no salía del hotel; se pasaba los días en el diván, disgustado de sí mismo y disgustado de Mijail Averianich, y aun del servicio, que se obstinaba en no entender el ruso. Mientras tanto, su amigo recorría la ciudad buscando sus antiguos conocimientos, y parecía divertirse mucho. A veces dormía fuera. Un día volvió al hotel de madrugada, con el cabello en desorden, muy agitado y rojo. Estuvo mucho tiempo midiendo la estancia con pasos nerviosos y balbuceando algo entre dientes y, de pronto, deteniéndose, exclamó:

—¡El honor sobre todo!

Y volvió a pasear. Después, llevándose las manos a la cabeza, y con trágico acento:

—¡Sí, el honor sobre todo: maldito sea el instante en que concebí el funesto proyecto de visitar esta Babilonia! ¡Ay, amigo mío, merezco que usted me desprecie: he jugado, y he perdido! ¡Préstame usted quinientos rublos!

El doctor sacó el dinero y se lo dio. Mijail Averianich, siempre rojo de vergüenza y de cólera, murmuró algunas palabras de agradecimiento, juró algo por su honor, se plantó en la cabeza el gorro militar y salió. Volvió dos horas después y, tumbándose en el sillón, lanzó un gran suspiro y dijo:

—¡El honor se ha salvado! Vámonos, amigo mío. No quiero permanecer un solo minuto más en esta maldita ciudad. Aquí no hay más que canallas, ladrones y espías.

Y cuando, en efecto, entraban otra vez en su pueblo, el otoño se acercaba a su fin y las calles tenían una espesa capa de nieve.

La plaza de Ragin estaba ya ocupada por el joven doctor Jobotov, el cual, en tanto que su predecesor se mudaba, seguía viviendo en su antigua casa con la misma mujer fea a quien hacían pasar por cocinera suya. Se contaban de él cosas pintorescas; por ejemplo, que la mujer había tenido una violenta disputa con el administrador, y que este se había visto obligado a pedirle perdón de rodillas.

El doctor se puso inmediatamente a buscar nuevo alojamiento.

—Amigo mío —le dijo el director de Correos—, permítame una pregunta indiscreta: ¿cómo anda usted de fondos?

El doctor contó su dinero y respondió:

—Tengo ochenta y seis rublos.

—No, no le pregunto a usted eso —explicó Mijail Averianich—. No le pregunto a usted cuánto lleva en el bolsillo, sino cuánto posee usted en general...

—Ya le digo a usted que ochenta y seis rublos.

—¡Cómo! Pero ¿es todo?

Mijail Averianich, aunque consideraba al doctor como hombre leal y honrado, le suponía un capital no menor de veinte mil rublos. Al averiguar que su amigo no tenía nada, ni siquiera para los gastos más indispensables de la vida, no pudo contener sus lágrimas y lo abrazó efusivamente.

XV

El doctor Ragin se instaló en una casita de tres ventanas. Solo tenía tres habitaciones, sin contar la cocina. Dos las ocupaba el doctor, y la otra su cocinera, Daría, la propietaria de la casita y sus tres hijos. A veces solía venir también a pasar allí la noche el amante de la propietaria, un mujik que siempre estaba borracho. Pedía que le dieran vodka, gritaba y amenazaba. Y el doctor, compadecido, se traía consigo a los niños, que lloraban de miedo, los acostaba sobre el suelo y parecía complacerse en cuidar de ellos.

Como de costumbre, se levantaba a las ocho, tomaba el té y se ponía a leer sus antiguos libros y revistas; ya no tenía dinero para comprar más. Pero tampoco le interesaba tanto como antes la lectura, sea porque ya conocía los libros, sea porque ya no estaba en el mismo cuarto y la misma butaca. Para matar el tiempo, se puso a redactar el catálogo minucioso de su biblioteca, y pegaba etiquetas a los volúmenes y hacía inscripciones en ellos. Este trabajo monótono y mecánico le resultaba más interesante que la lectura; al hacerlo no pensaba en nada, y el tiempo pasaba sin que se diera cuenta. A veces estaba en la cocina toda una hora, ayudando a Daría a pelar patatas. Los sábados y domingos iba a la iglesia. De pie, junto al muro, oía el canto del coro, evocando en su memoria las imágenes pasadas de su infancia, de su adolescencia y de los últimos años. Y sentía que una dulce y melancólica serenidad invadía su alma, semejante al crepúsculo de las tardes de verano. Al salir de la iglesia, se iba lamentando de que la misa hubiera sido tan breve.

Dos veces fue a visitar, en la sala número 6, al enfermo Gromov, pero se lo encontró de muy mal humor y en un estado insoportable. Gromov le dijo que ya estaba aburrido de oírle hablar y que lo dejara en paz. Por todos los sufrimientos y desgracias que los hombres le habían causado, solo quería una compensación: una celda diminuta para él solo. No quería ver a nadie, y las conversaciones no hacían más que exasperarlo.

Cuando el doctor, antes de marcharse, le deseó las buenas noches, Gromov le gritó con rabia:

—¡Vaya usted al diablo!

Y el doctor, aunque muy deseoso de volver a visitarlo, ya no se atrevía.

Estaba aburridísimo. Después de comer, se pasaba las horas echado en el diván, vuelto a la pared, pensando en tonterías, a pesar de cuantos esfuerzos hacía para alejar pensamientos tan mezquinos. Se sentía ofendido por la Municipalidad, que lo había despedido, después de más de veinte años de servicios, sin concederle siquiera un pequeño auxilio pecuniario. Es verdad que él no se consideraba un servidor honrado y fiel, es verdad que descuidaba el servicio, pero, ¿acaso se distingue entre los buenos y los malos servidores en materia de pensiones y retiros? No, señor: se les conceden a todos, sin atender a sus cualidades morales o aptitudes técnicas. No había, pues, derecho a hacer con él una excepción.

Ya no tenía dinero. Le debía a la dueña de la casa y hasta evitaba encontrarse con ella; le debía al tendero y trataba de pasar con disimulo frente a la tienda. Solo de cerveza debía treinta y dos rublos. La fiel Daría se había puesto a vender, a escondidas, los trajes y libros viejos del doctor, y aseguraba a la propietaria que su amo esperaba de un momento a otro una suma importante.

No podía perdonarse haber gastado en aquel absurdo viaje los mil rublos que constituían sus arcas, dinero que le hubiera bastado por lo menos para todo un año.

¡Si al menos lo dejaran vivir en paz! Pero todos se creían obligados a molestarlo con sus visitas. De vez en cuando también iba a verlo Jobotov. El viejo doctor detestaba cordialmente a su joven colega; le dolía aquella cara contenta, aquel tono de voz condescendiente, aquellas botas altas, aquellas maneras tan bruscas, y hasta la palabra *colega* que el otro se complacía en repetir a cada instante. Y lo más intolerable es que Jobotov se consideraba obligado a velar por la salud de Ragin y siempre llegaba cargado de bromuro y de píldoras.

También el director de Correos se creía en el deber de visitar a su amigo y procurarle distracciones. Siempre entraba a casa de este fingiendo una alegría desbordante; se reía a carcajadas y aseguraba al doctor que tenía muy buena cara y que lo encontraba muy mejorado. El doctor lo comprendía todo, y aquella risita fingida del amigo lo incomodaba y lo ponía nervioso.

Mijail Averianich no había podido aún devolverle los quinientos rublos de Varsovia. y estaba muy apenado. Naturalmente, el doctor nunca le hablaba de la deuda. Las visitas de Mijail Averianich se le hacían cada vez más insoportables. Ante sus risas y sus anécdotas inacabables, se sentía con ganas de taparse las orejas.

Durante estas visitas el doctor permanecía echado en el diván sin desplegar los labios, con los ojos cerrados y la boca apretada, lleno de rabia. Para dominarse, acudía a sus doctrinas filosóficas: se decía que, tarde o temprano, Jobotov, Mijail Averianich y él mismo desaparecerían del mundo sin dejar rastro; que no solo ellos, sino la vida misma desaparecería también del planeta y que, al cabo de un millón de años, la tierra tendría el aspecto de un desierto. La cultura, la moral, las leyes humanas, todo quedaría reducido a la nada. ¿Qué importancia podían, pues, tener aquellas minúsculas preocupaciones materiales, aquel Jobotov, aquel Mijail Averianich, y las incomodidades que le causaban? Todo era pasajero como una ráfaga de viento.

Pero tales razonamientos no lograban devolverle la calma. Apenas se imaginaba el desierto que será la tierra dentro de un millón de años, cuando le parecía vislumbrar detrás de una roca al joven doctor Jobotov con sus botas altas y sus cajas de píldoras, o a Mijail Averianich con su risita artificial y sus promesas, hechas en voz baja y como muy apenado, sobre la cercana devolución de los quinientos rublos.

XVI

Un día que el doctor estaba, como de costumbre, recostado en el diván, llegaron casi al mismo tiempo Jobotov y Mijail Averianich. Ragin se incorporó y se sentó, apoyándose pesadamente en el diván.

—¡Hombre —le dijo Mijail Averianich—, hoy

tiene usted una cara excelente! Hoy sí que me da gusto verlo.

—Sí, querido colega, ya es tiempo de restablecerse —añadió Jobotov con un bostezo—. Yo creo que usted mismo lo estará deseando ya también.

—Sí, ahora los progresos se van a notar día a día —añadió con alegre voz Mijail Averianich—. Todavía hemos de vivir cien años. ¿No es verdad, querido amigo?

—Cien años sería mucho pedir, pero le garantizo unos veinte más —declaró Jobotov—. Y, sobre todo, querido colega, mucha calma. Todo irá bien, ya lo verá usted.

—Sí, todo irá bien —repitió Mijail Averianich, dándole al doctor un golpecito en la rodilla—. Todavía vamos a tener tiempo de correr juergas. ¡Ja, ja, ja! El verano entrante iremos juntos al Cáucaso y haremos excursiones a caballo por el monte. Y luego, de vuelta del Cáucaso, tal vez casaremos al amigo...

Y guiñó maliciosamente los ojos.

—¿Eh? ¿Usted qué opina? ¿No es una buena idea? ¿Por qué no? Ya le encontraremos novia digna, y... ¡vivan los novios!, ¡vivan los recién casados!

El viejo doctor sintió de pronto que la rabia lo ahogaba.

—¡Es intolerable lo que están ustedes diciendo! —declaró levantándose bruscamente y poniéndose junto a la ventana—. ¿No se dan ustedes cuenta de que esas bromas son de muy mal gusto, son repugnantes?...

Hubiera querido continuar en tono moderado y cortés, pero la rabia se apoderó de él por completo.

Y súbitamente, sin darse cuenta, estremeciéndose todo, rojo de ira, cerró los puños y dijo con voz furibunda:

—¡Déjenme en paz! ¡Largo de aquí! ¡Fuera de aquí los dos!

Jobotov y Mijail Averianich, se levantaron de un salto, mirándolo con terror.

—¡Largo de aquí! —siguió gritando el doctor—. ¡Estúpidos, imbéciles! ¡No quiero la amistad ni los cuidados de ustedes! ¡Los aborrezco, no puedo soportarlos ya!

Jobotov y Mijail Averianich, intercambiando miradas significativas, retrocedieron hasta la puerta y salieron al vestíbulo. Ragin cogió de encima de la mesa un frasco de bromuro y lo lanzó sobre los visitantes. El frasco fue a romperse en el marco de la puerta.

—¡Al diablo los dos! —exclamó con voz casi llorosa, siguiéndolos al vestíbulo—. ¡Al diablo! Y que no los vea yo más por aquí.

Cuando salieron, se acostó en el diván, temblando como si tuviera fiebre y repitiendo sin parar:

—¡Imbéciles, estúpidos!

Después se calmó un poco; se dijo que había hecho mal en injuriar de aquel modo al pobre Mijail Averianich, que probablemente estaría a esas horas afligidísimo. Tuvo crueles remordimientos, le pareció que lo que acababa de hacer no era propio de un hombre serio. ¡Vaya una filosofía la suya! ¡Vaya una altivez ante los sufrimientos!

No pudo dormir en toda la noche. A la mañana siguiente, a las diez, ya estaba en la oficina de Correos pidiendo perdón a Mijail Averianich.

Este estaba muy conmovido.

—No se hable más de eso, querido amigo —le decía, estrechándole efusivamente la mano—. Olvidemos esa diferencia insignificante.

Y dirigiéndose a uno de sus empleados, le ordenó, con voz tan estentórea que todos se echaron a temblar:

—¡A ver, una silla para el doctor, rápido!

Después, dirigiéndose a una mujer que le alargaba un sobre por la ventanilla, exclamó:

—¡Espera! ¿No ves que estoy ocupado?

»Sí, amigo mío —continuó, volviéndose al doctor—, no hablemos más del caso de ayer. Siéntese usted, se lo ruego.

Se acarició sus magníficas patillas blancas, y prosiguió así:

—Ni siquiera he tenido la idea de guardarle a usted el menor rencor. Cuando un hombre está enfermo, no hay que ser muy exigente con él. Naturalmente, el acceso de cólera de usted nos asustó un poco, y el doctor Jobotov y yo hemos estado hablando del caso. Óigame, querido doctor: es necesario que se cuide usted bien y a conciencia. Perdóneme, pero debo hablarle con la mayor franqueza: usted vive en condiciones muy poco favorables. Su casa es pequeña y sucia; nadie cuida de usted; además, le faltan los medios necesarios. ¡Se lo ruego, querido amigo! El doctor Jobotov y yo, los dos se lo rogamos a usted encarecidamente: váyase al hospital. Allí podrá usted seguir un régimen, allí tendrá usted quien lo cuide. El doctor Jobotov, aunque sea un hombre maleducado (sea dicho entre nosotros), conoce su oficio. Puede uno tener en él plena confianza. Él me ha dado su palabra de honor de ocuparse seriamente de la enfermedad de usted.

El pobre viejo se sintió impresionado ante el tono sincero de Mijail Averianich, y le brotaron las lágrimas.

—No lo crea usted, mi buen amigo —dijo con voz suplicante—. Le engañan a usted. No estoy enfermo. Toda mi enfermedad proviene del hecho de que durante veinte años no he encontrado aquí más que un hombre inteligente, y ¿quién? ¡Un loco! El hospital no me servirá de nada. Por lo demás, hagan ustedes de mí lo que quieran.

—¡Vamos! Consienta usted irse al hospital.

—Me da igual; lo mismo me iría el sepulcro.

—Prométame usted seguir siempre las indicaciones del doctor Jobotov.

—Se lo prometo a usted, pero conste que entre todos me llevan ustedes a la perdición. Sí, estoy perdido, y tengo el valor de no ocultarme la verdad. Estoy como encerrado en un círculo fatal, del que nunca podré salir.

—¡Vamos, vamos, ya verá usted cómo se cura muy pronto!

—¡Quite usted! —dijo el doctor con cierta impaciencia—. Por lo demás, todos pasamos por esto al final de nuestros días. Si le dicen a usted que su corazón no funciona regularmente, que hay algún obstáculo en sus pulmones o que sus ideas andan mal y que es necesario ponerse en cura; en suma, si tiene usted la desgracia de atraer sobre sí mismo la atención de los demás, dese usted ya por perdido: ya ha caído usted en un círculo vicioso sin salida posible. Ya no saldrá usted nunca de allí. Todos sus esfuerzos serán inútiles. Mientras más haga usted por escapar, el círculo se estrechará más y más. No le quedará a usted más que capitular, rendirse, confesar su impotencia, porque ya no hay salvación posible.

A todo esto, el público comenzaba a agolparse en las ventanillas, manifestando impaciencia. Al darse cuenta, el doctor se levantó y se despidió de su amigo.

—Entonces, ¿me da usted su palabra de honor de seguir mi consejo? —dijo Mijail Averianich.

—Sí.

Aquel mismo día, antes de cenar, el doctor recibió inesperadamente la visita de Jobotov.

—Querido colega, tengo que pedirle a usted algo —dijo este, como si nada hubiera pasado entre ellos la víspera—. Quisiera que me acompañara usted a ver un enfermo. Me haría usted un favor muy grande.

Ragin, figurándose que Jobotov trataba de distraerlo un poco o proporcionarle el medio de ganar algo de dinero, aceptó. Se vistió, pues, y salieron juntos a la calle. El viejo se felicitaba de tener la ocasión de pedirle a Jobotov perdón por lo de la víspera, y aún estaba algo conmovido ante la nobleza de este, que no había querido decir ni una sola palabra sobre aquella enojosa escena.

—¿Dónde está su enfermo?

—En el hospital. Hace mucho que deseo consultarle a usted sobre ese caso: es un caso muy interesante.

Entraron al patio del hospital y, salvando el edificio central, se dirigieron hacia el pabellón donde está la sala número 6.

Ambos caminaban en silencio.

Al pasar por el vestíbulo, Nikita, como de costumbre, se puso en pie de un salto y los saludó.

—Uno de estos enfermos tiene una complicación inesperada —dijo Jobotov en voz baja, abriendo la puerta de la sala número 6—. Parece que hay algo en los pulmones. Espéreme usted aquí un poco. Voy a buscar mi estetoscopio.

Y salió.

XVII

La sala estaba ya muy oscura. Gromov estaba acostado en su cama, con la cara hundida en la almohada. Su vecino, el paralítico, estaba sentado, inmóvil, llorando en voz baja. Los otros parecían dormir. Había un silencio profundo.

El doctor Ragin estaba sentado en la cama de Gromov, y esperaba. Pero Jobotov no volvía. A la media hora entró Nikita, trayendo consigo vestidos, ropa interior y pantuflos.

—Tenga usted la bondad de desnudarse y ponerse esto, señor doctor —dijo en voz baja—. Allí está la cama para usted —añadió, señalando una cama vacía que probablemente habían colocado allí aquel mismo día—. Pronto estará usted bueno y sano, puede usted estar seguro.

El doctor lo comprendió todo. Sin pronunciar una sola palabra, se dirigió a la cama indicada por

Nikita y se sentó. Viendo que Nikita esperaba, se desnudó por completo, y después se puso lo que Nikita le había traído. Los calzones le quedaban muy cortos; la camisa, muy larga; la bata olía a pescado podrido.

—Ya verá usted qué pronto se cura —repitió Nikita.

Después tomó el traje y la ropa de Ragin y salió por donde había venido, cerrando la puerta tras de sí. «Lo mismo me da —pensaba Ragin al envolverse en la bata, sintiendo que con aquellas vestiduras parecía un prisionero—. Lo mismo me da llevar un frac, un uniforme o una bata de loco.»

Pero ¿dónde diablos está su reloj? ¿Y su cuaderno de notas? ¿Y sus cigarrillos? ¿Dónde habrá metido Nikita sus cosas?

Y comprendió entonces que aquello había terminado para siempre, que ya nunca, hasta la muerte, podría ponerse pantalones, chaleco ni botas. Experimentó una sensación extraña, confusa, incómoda. Naturalmente, siguió pensando que entre su casa y la sala número 6 no había diferencia fundamental ninguna; que los sufrimientos no son sino ilusorios, y que no existen para los verdaderos filósofos. Pero, con todo, se puso a temblar, y sintió frío en las piernas y en los brazos. Pensó, con espanto, que pronto despertaría Gromov y lo encontraría en aquel traje. Dio algunos pasos. Se sentó otra vez en la cama.

Pasó media hora, una hora. Silencio de muerte. Un tedio mortal se apoderó de su alma. ¡Y pensar que hay quienes se pasan aquí días enteros, semanas, años! Puede uno dar algunos pasos, mirar por las ventanas, sentarse en la cama, ¿y nada más? No, ¡es imposible!

Se acostó, pero se incorporó al instante, y enjugó el sudor frío de su frente con la manga de la bata. Sintió aún más penetrante el olor a pescado podrido. Y se puso a pasear, inquieto, por la sala.

«Es una equivocación —se dijo—; hay que hacerles ver que es una equivocación y que no puede continuar...»

En este instante Gromov despertó. Se sentó, escupió, y lanzó sobre el doctor una mirada indiferente. Tal vez no comprendió en seguida lo que pasaba. Pero un instante después su cara se iluminó con una expresión de alegría perversa e irónica.

—¡Vaya, vaya! ¿Usted aquí? ¿Conque también a usted me lo han encerrado? ¡Cuánto me alegro! Sea usted bienvenido. Hasta ahora era usted el verdugo. Ahora le toca a usted ser la víctima. ¡Muy bien! ¡Muy requetebién!

—Es una equivocación —dijo Ragin asustado por las palabras de Gromov—. Le aseguro a usted que es una equivocación.

Gromov escupió otra vez y volvió a acostarse.

—¡Maldita vida! —gruñó—. Y lo peor es que no recibirá uno la menor recompensa por sus sufrimientos. No. El crimen será castigado como en las novelas virtuosas. Nuestra única recompensa será la muerte, nos arrastrarán entonces como a las bestias que revientan en mitad de la calle y nos arrojarán a la fosa. ¡Ay, Dios mío! No es una esperanza muy risueña, realmente. ¡Si al menos pudiera uno volver del otro mundo para vengarse de los verdugos!...

Se abrió la puerta y el judío Moisés entró en la sala. Habiendo visto al doctor, se le acercó y, tendiéndole la mano, le dijo:

—¡Dame un copec!

XVIII

Ragin se acercó a la ventana y se puso a mirar el campo. Ya había entrado la noche. En el horizonte se alzaba, rojo, el disco de la luna. A unos doscientos metros del hospital se veía un gran edificio blanco, rodeado de un muro de piedra. Era la prisión.

—He aquí la vida real —se dijo Ragin.

Y se sintió presa de un terror indecible. Todo le inspiraba terror: el hospital, la cárcel, el muro, los fulgores lejanos de altos hornos que se descubrían en el horizonte.

Alguien detrás de él suspiró en este instante. Volvió la cabeza: era uno de los enfermos. Llevaba sobre el pecho condecoraciones y estrellas de hojalata; sonreía y las contemplaba con orgullo. El doctor retrocedió asustado. Para tranquilizarse un poco, procuraba convencerse de que todo aquello carecía de importancia; que él, y todos los vecinos de la ciudad, pronto desaparecerían del haz de la tierra, lo mismo que el hospital y la cárcel, sin dejar rastro; que hay que acostumbrarse a considerar esta pobre realidad con criterio de filósofo, poniendo la mente más allá de todas las miserias humanas. Pero mientras reflexionaba esto, una sorda desesperación lo iba invadiendo. Asió con ambas manos las rejas de la ventana y trató de sacudirlas con toda su fuerza. La reja era sólida: no cedió.

Quiso dominar su terror sentándose en la cama de Gromov.

—Amigo mío —dijo a media voz—, siento que me abandonan las fuerzas. —Y se enjugó el sudor frío de las sienes.

—¿Y su famosa filosofía? —le dijo Gromov irónicamente.

—Sí, tal vez tenga usted razón. Pero hace usted mal en burlarse de mí; soy digno de lástima. La realidad es muy cruel. Nosotros la gente ilustrada somos siempre algo filósofos, pero al primer choque con la realidad perdemos toda nuestra altivez filosófica. No tenemos fuerza para resistir; capitulamos muy pronto.

Hubo una pausa de unos minutos. Ragin tuvo sed; a esa hora solía beber siempre cerveza. También tenía ganas de fumar.

—Voy a pedirles que nos traigan luz... Ya no puedo aguantar. Esta oscuridad me agobia.

Se levantó y fue hacia la puerta. Al abrirla tropezó con Nikita, que, cerrándole el camino, le dijo con aspereza:

—¿Adónde va usted? Está prohibido salir. Es hora de acostarse.

—Solo quiero salir unos minutos a pasear en el patio —dijo tímidamente Ragin.

—No se puede, está prohibido. Bien lo sabe usted. Y cerró la puerta ruidosamente.

—Vamos, Nikita —protestó Ragin mesuradamente—. ¿Qué mal hay en que salga un instante? Déjame, te lo ruego; necesito salir un poco.

—¡Prudencia, prudencia; no turbar el orden establecido! —respondió Nikita con tono doctoral.

—¡Es intolerable! —respondió a esto Gromov, saltando de su cama—. ¿Qué derecho le asiste para tenernos aquí encerrados? ¡La ley dice que nadie puede ser privado de su libertad sin ser condenado en juicio! ¡Esto es una violencia, es una injusticia insoportable! ¡Abajo los verdugos!

—¡Verdaderamente una injusticia! —dijo a su vez Ragin, alentado por la intervención de Gromov—. Necesito salir; no tienes derecho a impedírmelo. ¡Te digo que me dejes salir!

—¡Entiendes, bestia estúpida! —gritó Gromov sobreexcitado y golpeando en la puerta con los puños—. ¡O abres ahora mismo o derribo la puerta!

—¡Abre! —gritó Ragin estremecido de cólera—. ¡Lo exijo!

—¡A callar! —respondió Nikita desde el otro lado—. ¡Calla o verás lo que te ganas!

—Anda, di al doctor Jobotov que me haga el favor de venir... un instante nada más.

—Mañana vendrá sin que lo llaméis. No vale la pena molestarlo a estas horas.

—¡Dios mío, Dios mío! —gimió Gromov lleno de angustia—. ¡Nunca nos soltarán estos infames verdugos, nunca más! Aquí nos moriremos. ¿Y si realmente no hay vida futura, si no hay infierno, si no hay Dios que pueda castigar sus crímenes? ¿Quedarán impunes nuestros verdugos? ¡No, no puedo más! ¡El corazón me revienta! ¡Abre, canalla! ¡Abre, te digo!

Y empujó la puerta con todas sus fuerzas.

—¡Abre, cobarde, asesino!

Entonces Nikita abrió la puerta de golpe, dio un empujón al doctor y luego le asestó un puñetazo en la cara.

Ragin sintió que una ola salada subía hasta su cabeza; sintió la boca llena de sangre. Nikita redobló todavía los golpes sobre la espalda del doctor. Gromov gritaba de rabia y de dolor: tal vez Nikita le estaba pegando también.

Después se restableció el silencio.

El reflejo pálido de la luna, a través de la ventana enrejada, proyectaba dibujos fantásticos sobre el suelo. Ragin estaba aterrorizado. Había metido la cabeza en la almohada y no se movía; no osaba mirar en torno suyo, como si temiera nuevos golpes. Sentía como si le rasgaran las entrañas con un cuchillo. Para contener su dolor y no gritar, mordía furiosamente la almohada.

De pronto, entre el caos de sus confusos pensamientos, una idea terrible, insoportable, ardió en su cerebro lúgubremente: el mismo dolor, la misma rabia de que él se sentía poseído dominaba también a todos aquellos desdichados y los había torturado durante años y más años... ¡Y él, a cuyos cuidados habían estado todos confiados, no había hecho nada, absolutamente nada por aliviar sus tormentos! ¡Allí había estado veinte años sin preocuparse, sin interesarse siquiera por los horrores de aquellas vidas!

Y su conciencia, brutal e implacable como Nikita, lo atormentaba. Se levantó otra vez. Quería correr, gritar de rabia, matar a Nikita, a Jobotov, a todo el personal, y después matarse él mismo. Pero su

lengua paralizada, sus piernas, no le obedecían. Sofocado, desgarró su bata y su camisa, y finalmente
perdió el conocimiento y cayó rendido en la cama.

XIX

A la mañana siguiente despertó con una tremenda
jaqueca. Sentía todo el cuerpo quebrado; estaba sumergido en un marasmo absoluto.

No quiso comer ni beber; se quedó acostado sin
moverse ni articular palabra.

A mediodía Mijail Averianich vino a verlo; le
traía té y mermelada.

También vino su cocinera Daría. Se estuvo de pie
junto a la cama durante una hora, con una expresión
aguda de compasión y de dolor.

Después vino el doctor Jobotov: le traía bromuro... Ordenó a Nikita que barriera un poco la sala.

Por la noche el doctor Ragin tuvo un ataque de
apoplejía.

Al principio sintió náuseas. Sintió como si algo
repugnante se apoderara de su cuerpo, invadiéndolo
de pies a cabeza; era como una ola de agua sucia que
lo inundaba hasta los ojos y las orejas. Comprendió
entonces que el fin se aproximaba y recordó que
Gromov, Mijail Averianich, y junto con ellos millones de hombres, creían en la inmortalidad. ¿Si de
veras fuera el hombre inmortal?... Después vio des-
filar ante sus asombrados ojos un tropel de ciervos
bellos y elegantísimos. Después una mujer le dio una
carta. Mijail Averianich, inclinándose sobre él, le

dijo alguna cosa... Después todo se desvaneció. Y el doctor Ragin exhaló el último suspiro.

Los criados lo cogieron por las piernas y los brazos y lo transportaron a la capilla.

Allí estuvo el cuerpo expuesto sobre la mesa toda la noche, con los ojos abiertos al fulgor de la luna.

Por la mañana entró el enfermero, oró piadosamente y cerró los ojos a su antiguo jefe.

Al día siguiente enterraron al doctor Ragin. A excepción de Averianich y de Daría, nadie más lo acompañó al cementerio.

Austral Cuentos ofrece al lector breves antologías de relatos de algunos de los mejores escritores de todos los tiempos.

AUTORES DE LA COLECCIÓN

Antón Chéjov

F. Scott Fitzgerald

E. T. A. Hoffmann

Franz Kafka

Katherine Mansfield

Bram Stoker

Oscar Wilde

Virginia Woolf